LA PROMESSE D'ANNAH

DU MÊME AUTEUR CHEZ ACTES SUD

BADAWI, Actes Sud, 2002 ; Babel n° 1058.
L'HYPOTHÈSE DE DIEU, Actes Sud, 2006.

ISBN 978-2-330-00670-9

MOHED ALTRAD

La Promesse d'Annah

roman

ACTES SUD

Ce mal que j'ai de toi, ô Layla, est si vieux !
S'il est ancien, le mal d'amour n'en tue que mieux.

MAJNUN

On peut écrire la même phrase en mettant amour *à la place de* guerre *; elle sera également vraie.*

NANCY HUSTON

Le lecteur trouvera en fin de volume, p. 180-181, une carte de la Méditerranée, où se déploie l'action du roman au fil des siècles.

PROLOGUE

De nos jours.
Sur une route de Cisjordanie, un peu à l'écart.
Dans un checkpoint avancé.

Il flotte une odeur de plastique rance. Quoique la matinée ne soit pas achevée, tout baigne déjà dans une chaleur étouffante et poussiéreuse. La radio, en sourdine, attriste la casemate mal fortifiée faite de parpaings montés à la hâte. En sourdine, comme si l'on craignait de rompre l'étrange silence qui écrase la route et le poste de garde, on entend planer un air de variété qui revient sans cesse au gré de la programmation.

Trois jeunes soldats, presque des enfants, avachis, treillis défaits, fatigués d'attendre, occupent la pièce. Ils sont épuisés de ne rien faire. D'être séparés de ce qu'ils pensent être la vraie vie. Celle qui bat chez eux, là-bas. Deux d'entre eux viennent de Tel-Aviv, l'autre d'une ferme de l'arrière-pays. Les soldats ont jeté négligemment leur Uzi sur l'unique table en formica, pareille à celles des cantines. Les trois armes sont chargées, balle engagée dans le canon, sécurité retirée.

Que faire dans un poste de garde sur une route oubliée, quand on est de repos ? Jouer aux cartes ? Ils en sont écœurés. Parler ? Ils ont si peu à dire. Alors écouter la radio qui grésille et scande les heures.

La porte s'ouvre dans un bruit métallique désagréable. Un officier entre. C'est un jeune lieutenant. Les soldats n'éprouvent pas le besoin de se lever et de le saluer. Il est à peine plus âgé qu'eux et semble tout aussi inutile. Il porte la main à son front, sur l'arcade gauche creusée par une profonde cicatrice qu'il a depuis sa naissance. C'est un tic, chez lui, quand il s'ennuie.

Son sergent et un soldat assurent une garde absurde à la barrière. Le Palestinien honni et redouté, le terroriste ne passe jamais par là. Quelques vieillards, parfois. Pauvres hères cherchant à rejoindre leurs champs délaissés. Les soldats ont pourtant obligation de barrer cette route ; contrainte née d'un conflit dont l'officier en charge du checkpoint ressent chaque jour un peu plus l'aberration.

Sans y songer, il pose la main sur la radio.

— Vous n'en avez pas assez ? dit-il sans brusquerie. Combien de fois avez-vous écouté cette rengaine ?

Les soldats haussent les épaules, indifférents.

Comme les trois garçons restent sans réaction, l'officier change de fréquence. Fin soudaine de la rengaine. Grésillement. Il tourne encore. Grésillement.

— Ça capte mal ici, finit par dire l'un des soldats.

Mais il ne parle que pour tuer le temps, parce qu'il a croisé, par hasard, le regard perplexe du lieutenant.

L'autre soldat remue sur sa chaise. Un nuage de poussière se disperse dans les rais de soleil traversant le petit fenestron. Sans lever les yeux, il articule d'une voix lasse.

— Mon lieutenant, si vous cherchez une fréquence précise, dites-nous laquelle, on va vous la trouver…

Mais l'officier n'a pas le temps de s'expliquer, la porte s'ouvre dans un grincement étiré, et un vieillard poussiéreux passe la tête par l'entrebâillement.

Le lieutenant dissimule mal son irritation.

— Que fais-tu là ? Ne t'ai-je pas ordonné de ne plus revenir ?

— On m'a dit que tu étais ici.

— Je ne veux pas te voir traîner autour de ce poste.

Le vieillard ne semble pas entendre. Il plisse les yeux d'un air entendu.

— Nous avons longuement parlé hier, et le jour d'avant, je voulais m'assurer que tu avais bien compris et retenu mes enseignements.

Un des soldats se laisse aller à rire, sans retenue.

— Mon lieutenant, vous ne vous en débarrasserez jamais !

L'homme fait un pas en direction du vieillard. Son attitude est menaçante, mais sa voix semble plutôt lasse.

— Cette discussion m'ennuie, je te l'ai déjà dit, laisse-moi...

A cet instant le sergent pénètre dans la casemate, l'arme à la hanche, bousculant sans ménagement le vieillard. Il s'arrête et salue brièvement.

— Mon lieutenant ! Quelqu'un s'est présenté au contrôle. Une femme...

Le jeune lieutenant pousse un soupir de soulagement. Enfin quelque chose se produit, et vient rompre leur isolement...

— J'arrive, dit-il et, désignant le vieillard du menton, il ajoute, reconduisez-le sur la route. Et assurez-vous qu'il parte bien au loin.

Les trois soldats se lèvent prestement, ils ne sont pas de garde mais cette présence, une fille, est un petit événement. Le premier depuis des jours. La guerre, qui les éloigne de leur foyer, est peut-être là, enfin réelle. Une femme, on a déjà vu ça...

Ils cherchent à apercevoir sa silhouette, son visage, depuis le fenestron, mais l'angle est mauvais. Brusquement, elle s'écarte et incline la tête en un geste qui les émeut. Comme un rayon de soleil dans une journée terne. Ils découvrent alors son fin visage qu'entoure une abondante chevelure noire, mal dissimulée par le fichu qu'elle porte. Elle est maigre, vêtue comme une Palestinienne ordinaire. Pourtant, le charme est vite rompu, le lieutenant entraîne la jeune fille à sa suite et elle disparaît de leur champ de vision.

Le premier à revenir à sa chaise est le villageois. Après quelques minutes, les deux autres le suivent. Il faudrait retrouver une conversation. Alors, l'un d'eux, comme pris d'une inspiration, tire sa chaise d'un geste décidé.

— Et toi, dit-il en s'adressant au fermier, tu as une petite amie, tu as des photos ?

…

LA GROTTE

A la pointe sud du massif montagneux qui recevra, plus tard, le nom de Judée,
une tribu de pasteurs est venue trouver refuge contre la sécheresse qui sévit aux abords du désert.
Mais à cette époque, quelque mille quatre cents ans avant J.-C.,
nul, parmi ceux qui sont restés, ne peut leur porter secours.
Il leur faudra bien se résoudre à abandonner leur terre et à descendre tout au sud,
dans le riche delta du Nil, comme l'ont fait leurs pères.

Le soleil décline, embrasant les forêts de térébinthes comme un grand feu. Tout est sec, coupant. Les brindilles craquent sous le pied nu, les pierres roulent dans la poussière. La chaleur, malgré la fin du jour, s'exhale des buissons comme d'un four. Des serpents se glissent sous les pierres. Leur chair froide colle à la terre. Le vent balaie la solitude des montagnes, il cogne, tourbillonne, hurle à en briser le crâne, remonte le long des ravines encaissées, surgit de derrière un bloc de rochers, imprévisible et furieux. Tous les vivants qui s'accrochaient aux hauteurs ont fui. Tous, sauf un.

Accroupi à l'à-pic d'une roche, un vieillard en hardes surplombe le monde désolé. Son regard se perd dans les lointains. Pour un voyageur passant par là, il pourrait sembler un oiseau de proie prêt à s'élancer. Mais il y a bien longtemps, semble-t-il, que plus personne ne s'aventure en ces lieux.

Pourtant, sur la falaise en contrebas, le vieil homme aperçoit un grand garçon robuste vêtu d'un manteau de laine écrue, qui chemine seul, muni d'un bâton noueux de berger, sans bête, sans chien.

Sur ces hauteurs, le monde a des contours indistincts qui provoquent un sentiment de malaise. Bien qu'il soit à plusieurs pas du bord de la falaise, le garçon avance avec appréhension. Il se sent happé par ce vide, attiré vers lui. Le vent ne cesse de forcir. Des fragments d'herbe et de poussière volent en tourbillons et pénètrent ses narines, sa bouche, ses yeux. Le jeune homme rêve à une terre herbeuse, plantée d'arbres et gorgée d'eau, telle qu'on peut la voir au dire de certains là où la montagne s'incline en se plissant vers la plaine. Mais il ne voit autour de lui qu'une croûte qui a cédé du dedans sous un soleil brûlant. Elle s'est ouverte en fines craquelures qui crachent une cendre ocre. La terre, ici, ne respire plus. Les bêtes ont fui. Les seuls maîtres de ce sol dénudé sont les reptiles que l'abandon général a rendus audacieux et agressifs. Le garçon les a vus apparaître avec l'aube et proliférer tandis que le jour montait. Des serpents de toutes sortes, dont il n'imaginait pas l'existence, sortis des rochers, des taillis brûlés, traversant le chemin en lents mouvements sinueux et argentés. De temps à autre, il se sert de son bâton pour chasser ceux qui s'aventurent trop près de lui.

Il songe qu'ici la solitude a un goût particulier. Elle est plus âpre. Sur cette terre sèche, dure et hostile, on se trouve seul, livré à la soif qui tiraille et ne laisse pas en paix. Lui, pense au camp que les siens ont dressé dans le creux du vallon, tout en bas, et qu'il a quitté pour explorer les pentes de la montagne. Il pense aux membres du clan, aux souffrances des bêtes aussi, et à cette terre égyptienne où ils ont décidé de chercher refuge mais que les anciens craignent.

Se replier, au sud, vers le bassin du grand fleuve, c'est une pratique que les anciens préconisent quand le soleil brûlant rend le sol inhabitable. On dit que l'herbe, là-bas, est toujours verte. Les anciens en témoignent, mais sans plaisir. La terre où l'on va trouver refuge est, disent-ils, dominée par une civilisation puissante. On l'appelle la Terre aimée. Des rumeurs parviennent jusqu'au cœur du désert et content que ce peuple aurait construit quelques citadelles isolées sur la côte, et qu'il contrôlerait les routes, le commerce. Rumeurs. La seule chose de tangible, ce sont ces bijoux qui circulent dans la région, gravés de divinités à figures animales. Mais il est à craindre que, en dépit de toutes les répugnances, l'on doive descendre jusque làbas et accepter les conditions que les hôtes imposeront aux hommes de la tribu.

Tout à ses pensées, le jeune homme entend alors le maigre bêlement d'une chevrette, qui semble provenir de la droite du sentier. Intrigué, il hâte le pas, et découvre, trois mètres à peine en contrebas, une terrasse étroite et lumineuse. Une vague de fraîcheur vient envelopper son visage lorsqu'il s'incline. Une partie de la terrasse, adossée à la montagne et profitant d'une ombre bienfaisante, est recouverte d'une herbe rase mais verdoyante, tranchant avec l'aridité du monde alentour. Un peu plus loin, une sente étroite couverte de rocaille rejoint le tertre. Elle n'est pas faite pour le pas d'un homme, mais la curiosité est plus forte et il décide de l'emprunter. Les pierres roulent sous ses pieds. Il dérape à plusieurs reprises mais se rattrape aux branches des rares buissons qui parsèment la sente. Il distingue, à présent, la gueule noire d'une grotte ; des scintillements irisent l'une des parois : de l'eau ! Il n'espérait pas trouver une source en ces parages. La soif se réveille en lui. Il allonge le pas au mépris du danger. A ce moment, un bêlement apeuré le surprend, tandis qu'une petite tête cornue, curieuse et craintive, sort de l'ombre. Surpris, il glisse et le poids de son corps l'entraîne dans sa chute. Les muscles tendus, il tente désespérément de se retenir, mais le vide l'aspire.

En levant les yeux après sa chute, c'est le sourire d'une jeune fille qu'il voit. Un joli visage d'une clarté presque laiteuse, qui commence par un front haut et pur pour s'achever, plus bas, sur deux lèvres carmin animées d'une expression qu'il connaît bien. Sa sœur, Rachel, a le même tic. Lorsqu'elle est dans l'embarras, elle se mordille la joue et ses lèvres s'incurvent. Mais le mouvement de la jeune fille est beaucoup plus délicat, une légère palpitation tout juste perceptible, une moue à la fois dubitative et accueillante qui le bouleverse. Dans les pupilles d'un brun lavé d'eau claire de la jeune fille semble danser une sorte d'amusement, mêlé de compassion et presque d'inquiétude.

Il se redresse alors vivement et grimace.

La voix de la jeune fille est douce, elle lui adresse la parole comme si elle le connaissait.

— Peux-tu te lever ?

Quand il s'appuie sur sa main droite, la douleur traverse le corps tout entier du jeune homme. Il va retomber, mais deux bras enserrent sa poitrine. Il est contre elle, il sent son corps, sa respiration, tout l'effort qu'elle fournit pour l'empêcher de retomber.

— Je me nomme Yaïr, dit-il, d'une voix un peu trop forte, fils de Chamiel, des bene* Aram.

— Et moi, Annah. Mon père est Ebal, des bene Abimaël, répond la jeune fille avec entrain.

Elle poursuit d'une voix enjouée :

— Es-tu de passage ? Je n'ai jamais entendu parler des bene Aram.

* "Fils de" en hébreu.

Yaïr redresse la tête comme un enfant pris en faute. Il se hâte de répondre.

— Nous venons des grands plateaux, à l'est. La sécheresse nous a poussés jusqu'ici.

Annah est si proche de Yaïr qu'il sent son corps, sa respiration ; il perçoit son odeur, celle de ses cheveux et de sa peau. Puis, le contact de ses mains délicates sur son poignet douloureux. Et sur son front, où saigne l'arcade, entaillée par un éclat de roche. En s'appliquant à nettoyer la blessure, la jeune fille parle avec la plus grande simplicité.

— Il n'y a rien pour vous ici. La terre est morte. Tout le monde l'a abandonnée. Seuls mon père et mes oncles s'entêtent à rester au village. J'ai trouvé ce tertre pour mes petites chèvres, mais combien de temps encore pourrons-nous tenir ? Et vous, avec vos troupeaux ?

Yaïr ne veut pas l'inquiéter, il s'empresse de répondre.

— Oh, nous ne resterons pas. Nous descendons vers le delta du grand fleuve.

Elle le regarde, incrédule.

— La Terre aimée ! Mon père dit que ceux qui y entrent sont capturés.

— Je ne sais pas, répond Yaïr un peu gêné, les anciens chez nous racontent qu'on y est libre, au contraire…

A l'entrée de la grotte, ils s'agenouillent tout deux sur la mousse épaisse.

— Es-tu sûre, commence Yaïr avec hésitation, qu'il n'y a rien sur l'autre versant, aucun pâturage, nulle part ?

Annah secoue doucement la tête.

— Rien.

Yaïr caresse l'herbe de sa main.

— Pourtant, ici…

— Je sais, oui. C'est un miracle, murmure Annah, et mon secret aussi. Partout l'eau manque, il n'y a plus d'herbe. Nos bêtes dépérissent, les cultures ne rendent plus. J'ai trouvé cet endroit, mais je ne l'ai révélé à personne.

Yaïr baisse la tête.

— N'aie crainte, je n'en dirai rien. Que feraient nos troupeaux sur ce tertre minuscule ?

Annah pousse un soupir, elle porte sa main à l'amulette qui pend à son cou, un petit scarabée en or gravé, un de ces bijoux qu'on trouve désormais dans toute la région sous l'influence égyptienne. Elle joue un instant avec lui avant de le retirer et de le garder dans la paume de sa main.

— Tiens, fait-elle en le tendant à Yaïr, c'est pour toi, je te le donne.

— Pour moi… Est-ce un charme ?

Annah laisse échapper un rire léger, accompagné d'un haussement d'épaules énigmatique.

— Regarde la déesse au dos du bijou, vois comme elle est représentée, triomphante ? Je n'en ai jamais vu de pareille. Et toi ?

Yaïr fait un signe de dénégation. Il n'ose pas dire qu'il ne s'est jamais intéressé à ces amulettes prophylactiques. Il se penche pour mieux l'observer mais ne voit que des formes certes finement ciselées, mais mal identifiables pour lui. Il y pose timidement un doigt, comme un enfant découvrant une curiosité. N'osant pas avouer son ignorance à la jeune fille, il laisse échapper sur un ton interrogatif.

— La déesse…

— Ma mère dit que c'est la déesse de la fécondité. D'ordinaire, elle est sans arme, paisible et puissante entre ses animaux ou ses rameaux. C'est la première fois que je lui vois un caractère conquérant et guerrier. C'est pour cela que j'ai conservé cette pierre. Peut-être, aussi, pour en percer le sens. Mais j'y ai renoncé. Personne n'a pu m'aider. Ma mère ne l'aime pas. Elle dit que quelque chose ne convient pas, que la déesse de l'amour ne doit pas se trouver mêlée à la guerre. L'idée qu'elle quitte le toit des demeures et les jardins pour s'aventurer dans le monde sauvage et libre déplaît à ma mère, qui préfère que je ne la porte pas, alors je te la donne. Peut-être comprendras-tu, toi.

Yaïr roule entre ses doigts la petite pierre ovoïde. Il hésite, un peu confus.

— La déesse de la fécondité…

Annah écarquille les yeux.

— Non ! La déesse de l'amour !

— Mais tu as dit…

— Ma mère le prétend. Elle ne veut pas voir au-delà de ce qu'elle connaît. Mais c'est Astarté*. Oui, c'est elle.

Yaïr penche la tête et scrute avec attention le bijou.

— La déesse de l'amour, dis-tu ? Je me souviens que, lorsque j'étais enfant, ma sœur Rachel m'expliquait que c'était la lune. Elle qui vient avec la nuit, quand les dieux vont prendre demeure dans leur temple lumineux jusqu'au retour de l'aube.

Il s'arrête un instant, brusquement intimidé. Mais la jeune fille attend la suite. Alors il reprend, comme une confidence :

— Enfant, je craignais qu'en partant les dieux n'oublient les hommes et qu'à l'aurore ils ne reviennent pas. Cette pensée me terrifiait. Pourquoi fallait-il qu'ils quittent la terre quand justement la nuit venait avec tous ses dangers ? Et quel monde s'ouvrirait le matin venu, vidé de leur présence ?

* Divinité des peuples de Syrie, symbole de la fécondité et de l'amour.

Je ne savais pas encore qu'ils ne désertent pas la terre mais accompagnent le dieu solaire dans son dangereux voyage nocturne, et qu'ils reviendraient le jour venu. J'imaginais alors les sources qui se tarissent, les animaux sauvages assaillant le campement, et plus aucun lieu sûr pour les hommes ; la mort qui rôde, la fin des miens.

Annah l'interrompt d'une voix rêveuse où perce l'amertume.

— Comme aujourd'hui…

— Peut-être. En tout cas, ma sœur, cherchant à me rassurer, me montrait chaque nuit la lune qui continuait de veiller en combattant l'obscurité et le chaos. Pourtant, ne disait-on pas que la lune favorise les actions cachées, les paroles murmurées, les gestes ambigus ? Alors Rachel me susurrait, avec une étincelle dans les yeux, qu'elle favorise l'amour et que, pour cela, les dieux ne l'abandonneraient jamais ; ils reviendraient la chercher au petit matin. Cela me rassurait et je m'endormais apaisé. Dis-moi, est-ce que je me trompais ?

Annah fait une moue adorable.

— Peut-être as-tu raison. Comment le saurais-je ?

Et d'une voix différente, un peu tremblante, elle poursuit :

— Et pourtant je n'ai jamais senti la déesse aussi proche…

Sans réfléchir, Yaïr se penche vers la jeune fille et la prend dans ses bras. Pour la protéger, pour la soulager. Alors elle se laisse aller à reposer la tête sur son épaule. Ils sont troublés, désorientés par cette situation qu'ils n'ont jamais connue. Timidement, Yaïr pose la main sur l'épaule d'Annah, qui ne se retire pas. Au contraire, elle la saisit et la porte à son sein. Il sent le globe chaud que sa paume enveloppe. Ses doigts malhabiles épousent sa chair, ses mains glissent vers ses reins. Il se cambre de toutes ses forces et entre dans la chaleur merveilleuse d'Annah. C'est un don sans équivalent que lui fait la jeune fille. Les corps roulent sur l'herbe soyeuse. Annah contemple le visage du bel inconnu. Elle sourit. Toute crainte l'a quittée.

A présent, ils sont allongés sur l'herbe froide, nus sous leur tunique, simplement jetée sur leur corps dans la lumière du soleil. Annah, les yeux fermés, sent le corps de Yaïr à ses côtés. Elle pense aux siens.

Est-elle devenue comme Rahab, qui rejoint les hommes à l'entrée du village ? Ou comme celles qui les attendent sous l'arbre sacré ? Hier encore, elle voyait un mystère dans ce sacrifice. Mais secrètement, sans comprendre pourquoi, elle admirait ces femmes, les enviait de se trouver si proches d'Astarté, sa déesse préférée. Elle avait même songé à les rejoindre. Elle aussi voulait devenir l'une de ses suivantes. Dans la bouche de sa mère, ce sacerdoce semblait impur. Mais sa mère s'opposait à tout ce qu'elle aimait. A présent, elle ne souhaite plus devenir une servante de la déesse. Elle a trouvé Yaïr. Lui seul compte. Elle sera, pour lui, la déesse elle-même.

Yaïr, qui a gardé les yeux ouverts, tourne doucement la tête vers Annah. Il voit son profil, la courbe délicate du nez, les lèvres gonflées de plaisir, les joues rosies. Quelques gouttes de sueur perlent sur son front, où les cheveux collés de son abondante chevelure font comme une couronne. Elle est là, entièrement livrée, sans aucune retenue. Alors il murmure.

— Je te protégerai. Je ne retournerai pas au camp. Je resterai ici avec toi. Que m'importent les miens. Qu'ils descendent jusqu'au delta et trouvent une terre d'abondance. Que m'importent les troupeaux et les tentes que l'on dresse dans le désert. Je t'ai trouvée, toi. Ma quête est achevée. Tu seras ma sève, ma nourriture. Je serai l'ombre propice qui protège ta douceur. Je serai l'eau à laquelle tu viendras t'abreuver. Nous vivrons seuls, ici, et nous serons heureux. Nul, jamais, ne nous découvrira. Et nous serons encore ici quand le monde aura passé.

Mais Annah, la première, remarque un mouvement dans leur dos.

Le vieil homme qui les observait sort de l'ombre.

Ils veulent se lever ; il leur intime l'ordre de ne pas bouger.

— N'ayez crainte, jeunes gens. Mais sachez que vous ne pouvez rester là. Le dieu ombrageux et bienveillant qui m'a choisi vous a pris en pitié. Il sait votre désir. Et il a décidé. Vous devez vous séparer. Ce que vous projetez n'arrivera pas. Les bene Aram vont partir pour le pays du fleuve, et toi mon garçon, tu les accompagneras. Les bene Abimaël resteront dans leur village, et toi, ma fille, tu ne les quitteras pas.

Yaïr se dresse tout entier, inconscient de sa nudité, furieux de cette interruption, outré par ces injonctions. Il a serré Annah contre lui. Les deux jeunes gens font face au vieil homme.

— Comment sais-tu cela vieillard ? demande Yaïr sans ménagement. Qui es-tu ? D'où viens-tu pour apparaître de la sorte ?

Le vieillard voudrait retenir ses mots, mais une force le pousse à parler.

— Qui je suis, moi, ça ne compte pas. Je te l'ai dit, mon dieu est ombrageux. Voilà ce qu'il a arrêté. Et vous ne pouvez vous opposer à sa volonté. L'heure n'est pas venue. Vous devez retourner auprès des vôtres. Le clan partira, le village restera. Mais mon dieu est également bienveillant et il place cette promesse sur vos têtes : vous qui êtes les premiers, vous reviendrez. Vous qui avez été séparés, vous serez à nouveau réunis.

Annah ne partage pas la colère de son compagnon, sa voix au contraire trahit l'appréhension.

— Quand nous retrouverons-nous ? Parle vieil homme, dis-le-nous, je t'en prie. Est-ce l'été prochain ? Combien de temps nous faudra-t-il attendre ?

L'homme respire mal. Les mots se heurtent dans sa bouche.

— Ni aujourd'hui, ni demain. Quand le temps viendra, vous serez à nouveau réunis. C'est tout ce que je sais.

Il tend la main pour prévenir une interruption.

— Croyez en ce que je dis. Ayez confiance en mon dieu. Il mûrit une grande idée vous concernant. Allons, vous reviendrez, vous serez à nouveau réunis, et une deuxième fois, une troisième fois s'il le faut, jusqu'à ce que ce que vous portez en vous soit accompli. C'est sa promesse.

Un silence écrasant s'installe.

Annah lève la tête vers Yaïr. Ses yeux sont vides, sa voix lointaine quand elle demande :

— Ce vieillard dit-il vrai ?

Yaïr ne sait que répondre. Annah se presse contre lui.

— Alors, il est visité par les dieux…

Tout le corps du garçon s'amollit. Son bras retombe.

Les deux jeunes gens restent serrés l'un contre l'autre, comme deux enfants sous un orage. Mais le vieil homme ne s'en offusque pas. Il n'ignore pas que cette attente n'est qu'une manière de prolonger ce bonheur éphémère. Qui pourrait leur en vouloir ? Certainement pas lui. Pourtant, son cœur est empli de joie. Il sait qu'il vient de les bénir. Oh, il n'ignore pas combien la présence des dieux est une épreuve difficile à supporter. Mais cette fois, il s'agit d'une promesse. Un jour, dans un an, dans un siècle, ils seront à nouveau réunis. Et son vieux cœur exulte à cette pensée. Faut-il que ces enfants soient aimés des dieux ! Il soupçonne, à présent, qu'un destin plus grand leur est réservé, et il sourit.

A cet instant, Yaïr lâche la main d'Annah, qui déjà l'invite à s'éloigner. Le regard de la jeune femme est chargé de cette décision irrévocable et il sourit de ce qui, déjà, est presque une certitude en lui.

— Vieillard, si tu dis vrai, alors nous nous reverrons aussi.

Puis il tourne les talons, le regard d'Annah et la promesse rivés au cœur.

BABYLONE

Babylone, 539 av. J.-C.
La capitale d'un empire à la population mêlée.
Une partie de la communauté juive y vit en exil.
Mais l'heure est grave,
Les Perses menacent de faire tomber la ville.

Zinana essuya la sueur qui ruisselait sur son visage. Elle tenta en vain de chasser les sentiments qui l'envahissaient. Frustration. Jalousie. Envie. Colère. Désir aussi, dont elle s'aperçut qu'il lui taraudait le ventre.

Auprès d'elle, les lampes mouraient doucement en grésillant. Elles n'étaient plus alimentées et les mèches dégageaient une odeur âcre qui venait se mêler aux effluves de l'encens, à ceux des onguents et à la sueur des corps. De petites colonnes de fumée noire se perdaient sous la voûte. Un instant, Zinana douta de ce qui était réel. Etait-ce ce qu'elle voyait, ou ce qu'elle avait cru voir en songe ?

Quelques heures avant l'aube, les fidèles s'étaient préparées aux rites exigés en faveur de la déesse de la guerre et de l'amour, Ishtar*. Sa déesse, la puissante déesse, revêtue d'allégresse et d'amour, parée d'appas, d'attirance et de charmes, celle qui manie les armes, suscite le combat et conduit la main du guerrier. Dans cette pièce sans aération à l'air vicié, elle s'était appliquée à broyer et mêler

* Principale déesse du panthéon babylonien. Symbole de l'amour physique et de la guerre. Elle peut être rapprochée d'Astarté, par le nom et une partie de la symbolique qui lui est associée.

les herbes, à apprêter les tuniques, les sandales, à lustrer la vaisselle liturgique ; attendant l'aube, que se lève l'astre de la déesse pour que le rite enfin puisse débuter. Mais ni les préparatifs ni l'accomplissement du rite lui-même ne pouvaient la détourner des visions qui la hantaient.

Hiram et Déborah étaient chez elle comme chez eux. Elle les avait introduits dans sa demeure. Elle leur avait cédé sa chambre. Par jeu – un jeu stupide, elle avait présenté Déborah à Hiram. Elle avait croisé la jeune femme par hasard au bord du fleuve et l'avait trouvée belle, fraîche, digne de sa déesse. Mais Déborah était restée sourde à son appel. En femme experte des passions de l'amour, Zinana avait compris à son regard, sa brusquerie, tout son être, qu'elle recelait un désir inassouvi. Non sans songer à corrompre cette jeune innocente, Zinana avait alors décidé de satisfaire ce désir naissant, et de se venger de son refus. Elle lui avait présenté son amant, Hiram, et avait imaginé tourner la jeune fille en ridicule. Elle avait cru que, tenant Hiram dans ses rets, elle pourrait le reprendre à son gré. Elle voulait se servir de lui comme d'un chien qui débusque un gibier. Mais, sans qu'elle parvienne maintenant encore à le comprendre, les jeunes gens lui avaient échappé. A peine leurs regards s'étaient-ils croisés, qu'ils l'avaient oubliée. Elle, et le reste du monde. Depuis lors, elle avait dû endurer leur passion maladroite. Chaque jour plus blessante de ne même plus se dissimuler à ses yeux. Et, hier, à la tombée de la nuit, en se dirigeant vers le temple, elle avait eu un pressentiment. Hiram et Déborah viendraient chez elle, profitant de son absence pour jouir du plaisir dont elle était privée.

Zinana s'efforçait de se préparer, mais elle avait du mal à contenir son impatience. Que le rituel commence ! pensait-elle. L'aube était là. Une aube aux couleurs chaudes. Une aube révélatrice d'or et de sang.

Elle savait bien que sa déesse était double. En elle l'amour et la guerre se conjuguaient. Mais son long corps de femme, dans toutes ses pulsions, ne répondait qu'au règne de la passion, de la chair tendue. Elle n'ignorait rien de la guerre, s'il s'agissait de celle qu'elle livrait à ses amants, dans l'ombre des jardins ou le repli des tentures ; mais la guerre des hommes, celle qui secouait la Babylonie ces temps derniers, celle pour laquelle serait exécuté le rite, elle y était étrangère.

Une nouvelle avait ému la ville quelques jours plus tôt : les Perses, disait-on, avaient pris Opis. Le bruit avait couru dans toutes les ruelles, engendrant des milliers de conversations. Les hommes, à leur habitude, s'étaient montrés soucieux, mais incrédules. Dans les maisons, les tavernes et les temples, il n'avait plus été question que de l'avancée des Perses. Alors, on avait ordonné cette cérémonie. Zinana n'y prêtait, quant à elle, qu'une attention distraite. Babylone était inexpugnable, elle y était en sécurité et d'autres soucis tenaient son cœur.

Les derniers mots prononcés, les ultimes gestes du culte accomplis, les dernières psalmodies et inclinaisons en faveur de la déesse achevées, les fidèles d'Ishtar s'engagèrent en procession dans le couloir étroit. Elles ne songeaient qu'au repos. Zinana y aspirait aussi mais elle s'écarta de ses sœurs pour s'engager dans un passage oblique.

Sur le petit parvis du temple, un air frais et inhabituel en cette saison la fit frémir d'aise. A ses pieds s'étendait la ville immense. A perte de vue, des maisons à plusieurs étages pressées les unes contre les autres, entassées par centaines, innombrables, plus denses qu'une foule aux jours de fête sur la Voie processionnelle. Des temples surgissaient ici et là, dominant la ville et ses alentours. Une concentration d'hommes, de femmes et d'animaux de toutes sortes, un monde en soi qui s'étendait sans limite visible, par-delà les murailles, jusqu'au fond des faubourgs, jusque dans la plaine alluviale, jusqu'aux palmeraies abondantes, au seuil du désert. A nouveau Zinana frémit, mais cette fois de piété. Babylone était au centre de la création ! Que pouvait-il lui arriver ? Comme chacun, elle avait l'intime conviction que sa ville, reflet des dieux, était là pour l'éternité, et que pour toujours sa déesse la couvrirait de sa protection. Un voile léger passa sur ses yeux, comme un regret : n'aurait-elle pas dû mettre plus de cœur à la préparation de la cérémonie au lieu de penser à Hiram et aux plaisirs qu'il allait tirer du corps juvénile de Déborah ?

De son surplomb, elle pouvait deviner les fossés creusés remplis d'eau qui cernaient la ville puis le grand fleuve, l'Euphrate la traversant de part en part. Les remparts épais qui la protégeaient, aux murs de briques émaillées bleutées, ornés du lion d'Ishtar et d'animaux fabuleux, les portes énormes, et la grande Voie processionnelle bordée d'arbres touffus conduisant au temple du roi des dieux, Marduk*, dieu de la cité et de la création, avec sa tour, haute de presque cent mètres, nombril du monde. Elle laissa un instant errer son imagination en se remémorant les commentaires d'un ancien amant, un scribe du sanctuaire de Nabu, qui

* Dieu tutélaire de Babylone, créateur de l'homme et de l'univers, dont le roi Nabonide essaya de détrôner le culte au profit de celui de Sin.

expliquait que Babylone, au centre du monde, avait été conçue pour en exprimer la forme : cernée par le fleuve amer de l'Océan, traversée par l'Euphrate, demeure des dieux et mât du monde où se rassemblaient les nations, Babylone la terrestre reflétait Babylone la céleste.

Elle descendit les marches du temple d'un pas délié. Elle portait ses vêtements de cérémonie qui dénudaient ses longues cuisses et ses épaules et, sur tout son corps, les heures sans sommeil avaient laissé leurs traces. Une femme ordinaire aurait été honteuse d'aller ainsi par les rues, se serait apprêtée. Zinana n'en avait cure. Elle savait pourtant combien elle pouvait être troublante. Son grand corps souple, vêtu d'une simple tunique fatiguée, ses cheveux noirs, luisants, collés de sueur sur ses épaules, elle semblait émerger d'une nuit de passion.

Elle s'engageait résolument dans les ruelles, pressée de rentrer chez elle, lorsqu'elle entendit une profonde rumeur chargée de peur. Et d'autres sons encore, des martèlements, des cliquetis. Derrière les murs de briques denses et aveugles du quartier de dignitaires qu'elle traversait, aux ruelles larges et bien tracées, se cachaient des jardins opulents, mais Zinana n'y prêtait pas attention. A chacun de ses pas, son cœur s'alourdissait. L'appréhension et l'anxiété la gagnaient. La rumeur enflait, les eaux du canal étaient troublées d'imperceptibles rides, comme si l'on ne cessait de heurter le sol.

Soudain, deux hommes la croisèrent en courant. L'un d'eux la bouscula. Elle n'eut pas le temps de réaliser ce qui lui arrivait. D'autres surgirent. En un instant, tout bascula. Elle vit, par centaines, des cavaliers vêtus de cuir et munis de longues lances, le regard fiévreux, poussant leurs chevaux récalcitrants. Des archers, des fantassins à la barbe tressée s'entassant pêle-mêle le long de l'aile nord du palais, envahissant la Voie processionnelle jusqu'à perte de vue. Toute une longue colonne qui se pressait, se bousculait. Une énorme masse mobile, des centaines de visages tendus et marqués par la crainte, luisant dans les flammes des torches que l'on avait oublié d'éteindre. Les chevaux et les hommes semblaient désemparés. Une puissante odeur de cuir flottait dans l'air frais. C'était l'armée, sans nul doute. Mais tous, hommes et bêtes, étaient épouvantés. Ils rentraient en désordre dans la ville après une longue fuite, venaient se réfugier derrière ses remparts.

Zinana s'éveilla enfin de la torpeur dans laquelle l'avaient tenue les heures passées dans les cellules du temple. Juste à temps pour éviter les sabots d'un cheval affolé que personne ne pensait à maîtriser. Les hommes, hagards, titubaient autour d'elle. La peur gagna Zinana comme une contagion. Le grondement devenait assourdissant, les cris, les ordres hurlés n'étaient plus entendus de personne. La marée humaine, sa pression, était à présent la seule loi qui valait et chacun s'y pliait sans souci des autres. Elle s'imposa aussi à Zinana qui dut rebrousser chemin pour n'être pas écrasée. A force de reculer, elle atteignit les murs de la ziggourat. C'est alors qu'un immense grincement se répercuta dans la ville. Les cous se tordirent en direction du palais. Zinana ne fut pas longue à comprendre : ils fermaient la porte d'Ishtar, ils se barricadaient !

Son cœur bondit. Elle devait faire un long détour en direction du quartier de Lugalgirra, en espérant que, dans leur précipitation, les officiers de faction n'auraient pas encore eu le temps de donner des ordres et de couper l'accès au pont. Elle se mit à courir. Une panique irraisonnée la tiraillait désormais. Les Perses étaient-ils là ? Auraient-ils, contre toute évidence, franchi la muraille ? Si tôt ! Si brutalement ! Elle voulait rentrer chez elle, quitter ces rues trop exposées pour retrouver la sécurité de sa demeure. Essoufflée, elle rejoignit finalement le pont.

En traversant le tablier de bois aux larges piles qui s'enfonçaient profondément dans l'Euphrate, Zinana put apercevoir l'énorme mur d'enceinte crénelé qui dissimulait les grands temples et le palais. Un instant, en dépit de sa hâte, elle s'arrêta. Sous l'immense ciel étincelant, la ville, malgré son orgueilleuse puissance, lui parut frêle. Un nuage de poussière, du côté de la porte d'Ishtar, retombait lentement. Que s'était-il passé ? Où étaient les Perses ? Aurait-elle pu, d'ailleurs, reconnaître ces montagnards qu'on disait venir des hauts plateaux courant qui s'ouvraient sur l'espace illimité derrière le Zagros ? Elle tendit l'oreille. La rumeur était retombée. Peut-être n'était-ce qu'une fausse alerte. Mais dans le doute, elle se remit hâtivement en route.

En arrivant dans sa ruelle, Zinana ralentit sa course. Dans ce quartier, les maisons étaient moins opulentes qu'à proximité du palais et des temples. La végétation y était moins dense aussi. Durant la journée, l'animation était à son comble, surtout en milieu de matinée, quand l'activité battait son plein et que des rives du fleuve partaient charretiers et autres âniers, chargés de marchandises pour les distribuer aux divers comptoirs. Mais pour l'heure, tout ici semblait encore épargné par l'affolement qui avait saisi la Voie processionnelle.

Les branches d'un palmier desséché pendaient à l'angle de sa maison. On pouvait voir, à l'étage, le balconnet de briques, mais on n'apercevait ni la terrasse ni la pièce où se trouvaient peut-être encore les deux amants assoupis.

Elle trouva la chambre vide, rangée comme à son départ. La fraîcheur du matin refluait lentement vers la terrasse. Un pâle soleil rosissait les murs nus et les tentures. Les coffres, les étoffes, la vaisselle étaient entassés, tels qu'elle les avait abandonnés la veille. La couche n'était pas défaite. Elle fit le tour de la pièce. Pas le moindre soupçon d'une présence. Elle murmura d'une voix lasse, essoufflée par la course, et brisée d'avoir psalmodié :

— Personne n'est venu.

~

Quelques heures à peine s'étaient écoulées ; insuffisantes pour laver la fatigue, mais assez pour permettre à Zinana de recouvrer une certaine fraîcheur.

Dehors, on pouvait entendre les cris stridents des femmes, le choc heurté des sabots des mules qui portaient les jarres de grains ou de poissons, les cavalcades des enfants mais surtout un bruissement sourd et incessant de pas. Il régnait pourtant dans la pièce une étrange paix. Devant Zinana, appuyés sur des coussins rouges comme le sang et bleus comme l'Euphrate, se tenaient les deux êtres dont la vision avait peuplé sa nuit.

Elle avait tiré un tulle transparent, de teinte ocre, pour tamiser la lumière de la terrasse. Le large visage de Hiram, aux traits fins et sculptés, se découpait dans la clarté diffuse de cette lumière matinale. Ses cheveux drus, noirs, et sa barbe courte paraissaient creusés dans l'argile cuite. Son regard était intense, pareil à celui des grands yeux fardés des divinités. Zinana eut un haut-le-cœur, elle connaissait ce regard. Elle l'avait aimé autrefois, avait même cru qu'il lui était réservé, que nulle autre qu'elle ne le surprendrait. Elle le jalousait aujourd'hui, car il était destiné à Déborah.

La jeune femme était née sur les rives de l'Euphrate, pendant les travaux de creusement du canal, auquel son père, comme bien d'autres, avait été commis. Elle avait grandi au bord du canal, qui devait servir à l'étiage du grand fleuve. Son père Qadmiel, fils de Mispar, s'était installé sur ses berges pour exploiter des champs d'orge et une palmeraie une fois le creusement achevé. Une activité qui lui avait permis de survivre, bien qu'il ait eu à payer un fermage et à éduquer ses enfants en leur contant le passé : Jérusalem, ses rois, son temple, son Dieu. Déborah l'avait écouté, avec une attention toute filiale. En l'entendant, ainsi que les anciens, elle avait senti vivre en elle ce passé. Mais elle n'en avait conservé qu'un pli : celui de ne pas céder aux autres dieux, pas même à cette Ishtar que lui avait fait miroiter la prêtresse Zinana. Pour le reste, elle avait pris sa liberté, passant son temps entre la demeure familiale et celle de son cousin, à Babylone, qui écoulait le surplus de production sur l'un des marchés du faubourg. Jusqu'au jour où Zinana lui avait présenté Hiram.

Hiram, lui, vivait depuis plusieurs années dans la partie nord-ouest de Babylone en compagnie de son oncle, et avait la charge des affaires de son père et de ses frères restés à Megiddo. Hiram ne s'intéressait guère aux dieux. La journée, il fréquentait les cours populeuses des marchands et des artisans, et le soir, il hantait les auberges. En vérité, il s'y rendait pour s'étourdir, pour tromper le vide qu'il portait en lui depuis son enfance et qui semblait croître avec l'âge. Jusqu'à ce qu'il rencontrât Déborah.

Les gestes de la jeune fille étaient nerveux. En dépit de sa jalousie, Zinana devait reconnaître qu'elle était d'une grande beauté. Pourtant, elle préférait ne voir que ses défauts. Insuffisamment apprêtée, voilà la première chose qui lui vint à l'esprit. Un peu maladroite, et trop fine, aussi. Gênée par sa présence, ce qui la ravit. Oui, Déborah était inexpérimentée. Fraîche cependant, neuve de cette vie sans passé et de l'avenir qui se promettait à elle.

Déborah jouait avec une figue. Elle leva ses grands yeux vers Hiram et resta un instant immobile dans le regard du garçon. Puis sa main se dressa lentement pour lui offrir le fruit. Comme elle observait la scène, Zinana eut le sentiment fugitif et désagréable que les deux jeunes gens étaient faits l'un pour l'autre, qu'ils se complétaient, qu'ils formaient une unité dont elle était exclue. Que pouvait-elle contre eux ? Une bouffée de colère lui serra la gorge, pareille au vent chaud du désert. A cet instant, l'image de la pièce se troubla, comme l'eau d'une mare que le vent vient faire frémir.

Par jeu et surtout par rancœur, elle décida de provoquer Hiram.

— Pourquoi gâcher le plaisir avec ce fruit sauvage à peine lavé ? Je compte vous offrir un plat de figues accommodées de miel et de lait. Attends de le goûter, tu comprendras alors ce qu'est le vrai plaisir !

Des cris montèrent de la rue. Autre chose que les habituelles altercations entre charretiers dans ces venelles étroites. Zinana s'en inquiéta, mais Hiram n'y prêta pas attention et s'allongea sur la couche. Il fit tourner la figue dans sa main, comparant en esprit le fruit sauvage et le plat apprêté. Un sourire se dessina sur son visage. Il mordit la chair du fruit.

— Cette figue est bonne, fit-il, la bouche encore pleine pour ne laisser aucun doute sur sa délectation. Puis, il tendit le bras vers la cuisse légèrement dénudée de Déborah. Sans pudeur, en accentuant son sourire. Au moment où il allait la toucher, elle se retira avec brusquerie.

Zinana éclata de rire.

— Que crains-tu ? lança-t-elle avec ironie à la jeune fille.

Déborah ne lui répondit pas. Elle décocha en revanche un regard de reproche à Hiram, que Zinana surprit.

— Lui refuserais-tu ce plaisir ?

Et revenant à Hiram :

— Te résiste-t-elle ainsi dans l'intimité ?

Dans les yeux de Zinana dansait un air moqueur. Hiram, d'un sourire gourmand, se saisit de l'occasion pour aiguillonner son ancienne maîtresse.

— Crois-tu ! Je connais tous ses replis, toutes ses odeurs. J'ai en bouche le goût de chaque partie de son corps. Ton fameux plat n'y fera rien. Figue, miel et lait mélangés n'effaceront pas la saveur de sa chair.

Il parlait, les yeux rivés sur Zinana. Pour ficher chaque mot dans son cœur. Cependant ce n'était pas lui que son ancienne maîtresse voulait éloigner, mais Déborah, et ce fut vers elle que porta son regard.

— Je vois pourtant qu'elle se dérobe. N'as-tu jamais appris, Hiram, que le plaisir n'existe que dans l'instant. C'est ainsi qu'il donne sa vraie mesure, toute son intensité. Cette figue satisfait ton désir, vient combler ta faim alors que, l'instant précédent, tu ne la désirais pas, tu n'avais pas même faim. Pourtant, tu l'as goûtée, et l'as trouvée à ton goût. Un plaisir comme celui-là invente son propre désir. C'est un pur plaisir, né de l'art par lequel on apprend à donner et à recevoir. Le plaisir crée le désir, ne le sais-tu point ?

Hiram s'empara d'une nouvelle figue, et en caressa les joues de Déborah.

— Le plaisir qui vient de l'artifice est comme les fards dont se parent les femmes. Le fard dissimule, rien de plus. Alors que, lié au désir naturel, le plaisir prend une dimension vraiment divine. C'est un peu comme une belle femme qui s'apprête. En elle, la frontière est brouillée. On ne sait plus si l'apprêt révèle le corps ou si le corps donne son éclat à l'apprêt. L'artifice ne suffit pas, Zinana. Même quand il est achevé. La femme la plus douée ne peut rien contre une fille qui éveille un désir naturel.

Zinana se pencha vers Déborah.

— Tu ne dis rien…

Celle-ci avait décidé, en arrivant, de ne pas s'opposer à Zinana. De ne pas entrer dans son jeu. Parler avec parcimonie, uniquement quand il le faudrait. Ne rien laisser paraître. Maintenant, pourtant, il lui fallait répondre. La question était directe.

— Tu parles de plaisirs, Zinana. A force de les multiplier, je comprends que tu aies besoin d'artifice. Mais tous tes fards n'y changeront rien. Il y a un plaisir que tu ne connaîtras jamais !

— Ah oui ? Et lequel ?

— Celui dont la nature est d'être unique. Qui naît du désir que l'on éprouve pour un seul être.

Zinana laissa échapper un petit rire destructeur.

— Voyons, belle et douce enfant, cela n'existe pas. Et si cela devait exister, ce serait une malédiction. Un désir unique, dis-tu, le monde dans ce cas serait sans couleurs ! Et puis ton désir, une fois satisfait, mort autrement dit, que resterait-il ? Rien. Le souvenir du plaisir. Pour vivre un tel désir unique, il faudrait en repousser la satisfaction. Sans fin. Quelle frustration alors !

Déborah se raidit, un air de défi sur le visage.

— Qui te dit que le plaisir issu de ce désir unique devrait mourir. Si le désir est unique, le plaisir que l'on en tire pourrait être sans fin.

— Non, crois-moi, même les dieux n'en voudraient pas de ton désir unique. Tiens, voici le plat de figues. Tu peux bien goûter et me dire au moins si cela te plaît.

La mine de Hiram s'était assombrie. Il n'admettait pas la dérision de Zinana.

— Tiens ta langue, Zinana. Toute prêtresse que tu es, tu n'es pas à l'abri de…

Déborah posa la main sur la nuque de son amant. Son regard avait quelque chose d'impérieux.

— Elle ne sait pas ce qu'elle dit. N'est-ce pas Zinana ? C'est sans malveillance. Regarde-la. Elle est éreintée, les traits tirés. Tu as sans doute eu une longue nuit, Zinana.

Piquée au point sensible, sa beauté, le seul qui pût la toucher, Zinana ne put que bredouiller, en guise d'excuse.

— Je l'ai passée au temple…

A son tour, Hiram se laissa aller à rire. C'était un rire sans méchanceté, libéré

— Zinana ! Je te retrouve. Malgré ta fatigue, tu tiens à donner un repas. N'aie crainte. Nous ne nous attarderons pas et te laisserons te reposer.

Déborah et Hiram formaient un bloc. Cela sautait aux yeux. Cependant il n'était pas parfait, il comportait sans doute une faille mais Zinana comprit qu'elle ne la découvrirait pas au cours du déjeuner.

~

Elle laissa Hiram et Déborah achever seuls leur repas, sous le prétexte de se rendre au temple. Au lieu de cela, elle monta sur le toit de sa maison, et s'allongea à l'aplomb de la terrasse, en prenant garde que ses vêtements ne dépassent pas. Exposée au soleil brûlant du début d'après-midi qui cuisait son visage, elle contemplait le grand ciel vide et blanc, tendue dans l'écoute. Elle voulait surprendre ce qu'ils allaient se dire en son absence, alors qu'ils se pensaient seuls, et libres de leurs actes.

La voix de Déborah se détacha, sourde mais audible. Elle reprochait à Hiram sa conduite.

— Comment peux-tu laisser Zinana parler ainsi ? Que suis-je pour toi, un trophée ?

Hiram ne répondit pas. Zinana comprit toutefois sa confusion à l'intonation presque triomphante des derniers mots de Déborah, et elle imagina Hiram baisser les yeux, courber la tête. Elle savait que Déborah ne céderait pas devant cette contrition. Les femmes ne cèdent pas devant la faiblesse. Même de ceux qu'elles aiment. Surtout de ceux-là. Elle chercherait à le pousser dans ses retranchements.

A sa grande surprise, pourtant, Hiram parla d'une voix sévère.

— Qu'insinues-tu ? On dirait que tu crains Zinana. As-tu peur qu'elle me reprenne ?

La voix lointaine de Déborah, coupante, répliqua.

— Zinana est sans importance.

Celle de Hiram, toujours grondante, insista.

— Ne sous-estime pas son pouvoir de séduction !

— Elle n'a aucune importance à mes yeux, je le répète. C'est ton attitude qui me blesse. On dirait que tu lui es encore lié.

Lorsque Hiram répondit, Zinana comprit qu'il refusait de céder et s'en réjouit.

— C'est faux, tu le sais bien. Ne t'ai-je pas donné toutes les preuves de mon attachement ?

Il y eut un silence. Zinana, brûlée par le soleil, avait le visage en feu et le cœur battant d'un fol espoir. Malheureusement, la voix de Déborah se fit douce, insinuante.

— As-tu compris, dit-elle, mon allusion à un désir unique ?

Le ton de Hiram s'adoucit lui aussi.

— Je crois, oui.

— Combien de fois m'as-tu dit dans le creux de l'oreille, quand nos corps se mêlaient, que j'étais unique ? Mesurais-tu ce que tu disais alors ?

Leurs voix semblaient si proches que Zinana ne put s'empêcher de les imaginer enlacés. Hiram était tendre, caressant.

— Tu es unique, à mes yeux. N'en doute pas.

Déborah le coupa. Dans son intonation perçait un effort de patience, comme lorsque l'on s'adresse à un enfant.

— Ce n'est pas assez.

Il reprit, cherchant à dissimuler le doute qui l'avait saisi :

— J'ai croisé, un jour, deux grands yeux bruns avides, et le monde s'est effacé. Ce regard qui s'offrait à moi, je le connaissais. Il m'était destiné depuis l'origine des temps, j'en suis certain. Dès que je l'ai croisé, j'ai su que je n'avais ouvert les yeux sur le monde que pour le rencontrer. Dans ce regard, j'ai vu des collines, des forêts, un ciel profond, j'ai vu la nuit éclairée par la lune. Que dire de plus ? Comment te convaincre que tu m'es unique ? Qui peut comprendre cela hormis nous ? Comment Zinana…

Il y eut de la brusquerie dans la réponse de Déborah.

— Qu'importent Zinana et les autres ! Si je suis unique pour toi, alors ils n'existent pas. Ce qui est unique est sans comparaison. C'est quelque chose d'exclusif. Tant que tu n'as pas compris cela, tu ne sais pas combien je suis unique.

La voix de Hiram, cette fois, laissa percer une colère mal contenue.

— Que veux-tu dire ? Comment ne te connaîtrais-je pas, quand je t'ai goûtée, sentie, saisie !

— Aurais-tu peur de ne connaître que moi ?

Le ton s'était fait provocant…

— Mais de quoi parles-tu ? Non, je n'ai pas peur, mais je m'interroge. De quel droit en viendrais-tu à me demander de renoncer à tout pour toi ? Le ferais-tu, toi ?

Une brise légère se leva, emportant les mots de Déborah.

— Sans hésiter, oui.

Et, dans cette brise, dansa la réplique de Hiram qui réjouit le cœur chargé de rancœur de Zinana.

— Même si, de mon côté, je ne renonçais pas à tout ?

Au lieu de répondre, Déborah bredouilla d'une voix tremblante.

— Pourquoi me fais-tu souffrir ?

— Je ne veux pas te faire souffrir. Je ne veux pas te perdre. Mais… Même quand tu es dans mes bras, même quand tu te livres et consens, je redoute de te perdre. Je ne puis combattre ce sentiment. Il vient ronger ma joie. Pourquoi en est-il ainsi avec toi ? Pourquoi ton corps me donne-t-il le plaisir le plus intense et l'angoisse la plus profonde ?

C'est à peine si Zinana entendit la suite. Un voile s'abattit sur ses yeux. L'avait-elle entendu cet échange entre les deux amants ? L'avait-elle inventé ? La chaleur, l'épuisement, la tension eurent raison d'elle.

~

Zinana s'éveilla. Elle s'était endormie sur le toit gorgé de soleil, épuisée. Un sommeil lourd, sans rêves. Heureusement d'ailleurs, car elle s'était assoupie au bord de la saillie et si son sommeil avait été agité comme ces dernières nuits, elle serait certainement tombée.

Tout en remerciant intérieurement sa déesse de l'avoir protégée, elle descendit lentement les quelques marches menant à sa terrasse. Elle était encore étourdie et éblouie par la lumière crue qui écrasait la ville. Mais tandis que son corps émergeait lentement de sa torpeur, son esprit, lui, était déjà à l'œuvre.

Elle mûrissait un plan. Les jeunes gens avaient débuté, comme elle l'aurait fait, par le plaisir des sens. Les plaisirs de l'amour avec leurs jeux violents, parfois sombres, étaient reconnus ici, à Babylone. On pouvait obtenir des charmes pour séduire et conquérir un amant, aussi bien que pour détourner un sort, un envoûtement, voire une maladie. Il y avait des officines pour cela. Les cours des temples. Il suffisait de les connaître. Dans cette ville, les gens avaient appris à réserver aux jouissances de la chair, à la passion amoureuse un espace propre, toléré, mais qui ne devait pas étendre ses prétentions. Hiram et Déborah se retrouvaient ainsi dans la chambre de Zinana, s'y aimaient passionnément, mais en la quittant ils se séparaient, marqués au creux de leur chair par le sceau de l'autre. Ils s'étaient livrés au plaisir de manière tout à fait naturelle, et découvraient à présent une nouvelle exigence, s'apercevant que leur désir ne se satisfaisait pas du seul plaisir ! Cette découverte était encore fragile. L'échange qu'elle avait surpris l'attestait. Ils avaient peur de franchir le pas. Peur du renoncement que cela semblait impliquer. Telle était leur faiblesse provisoire, celle de Hiram particulièrement, et cétait cette faiblesse que Zinana entendait utiliser contre lui.

Elle allait inventer un rendez-vous entre eux, à la même heure, mais aux deux extrémités de la ville. Pleins d'espoir, ils attendraient, en vain. Et parce qu'ils étaient encore faibles, trop peu sûrs de leur engagement, ils en concevraient la plus profonde amertume. Le principe était simple et Zinana en sourit d'aise. Restait la seconde partie du plan, plus audacieuse. Il fallait que, au moment où ils comprendraient avoir été joués, chacun se rendit chez la prêtresse. Hiram certainement se présenterait le premier. Lorsque la jeune fille arriverait à son tour, elle trouverait son amant en présence de son ancienne maîtresse…

Zinana poussa un soupir, il lui faudrait la faveur de sa déesse pour réussir dans ses desseins. Sans perdre de temps, elle fit venir un de ses courtisans et lui donna ces consignes : il irait voir Hiram et lui demanderait de se rendre à la porte de Zabab, deux heures après la nuit tombée en lui expliquant que Déborah l'y attendrait. Puis, il irait chez Déborah, lui demander au nom de Hiram de se trouver à la porte d'Adad deux heures après la tombée de la nuit.

Le jeune homme se récria.

— Ne me dis pas que tu ignores ce qui se passe ! Les Perses arrivent ! C'est la panique, les gens des palmeraies sont venus se réfugier derrière les murs de la ville. Ils se jettent comme des sauterelles sur les réserves. On se cogne à eux partout dans les rues. La ville en est pleine. On ne sait pas ce que peut nous réserver ce siège. La famine, peut-être. Il faut nous préparer. Même si, pour ma part, je pense que ça ne nous fera pas de mal d'avoir les Perses. L'autre, le Nabonide*, a passé dix ans sans jamais mettre les pieds dans la ville et à peine y revient-il que c'est la débandade. Et je ne parle pas des prêtres de Marduk. Ceux-là, qu'on en soit préservé ! Ils sont capables de tout nous voler pour nourrir leur statue.

Zinana se rappela ses fonctions, n'était-elle pas prêtresse, et protesta faiblement.

— Ne parle pas ainsi des dieux !

L'homme la regarda un instant sans comprendre. Puis il grimaça.

— J'oubliais. Mais toi, c'est différent. Et puis, ne me dis pas que tu accordes crédit à ces histoires. La belle affaire ! Les Assyriens ne nous ont pas dominés parce qu'ils étaient plus puissants que nous mais parce que Marduk, mécontent de ce que nous nous soyons détournés de lui, serait parti en exil chez eux et nous aurait soumis à leur joug. Belle explication de prêtres ! Et encore, quand les statues se dégradent, ce n'est pas parce que le bois dont elles sont faites s'use mais parce que le dieu qui les habite les a quittées !

Il sembla hésiter à poursuivre. Finalement, il bredouilla.

— Laissons cela et revenons à ton affaire bien mystérieuse. Que manigances-tu ? Tu sais bien que ces deux portes sont à l'opposé l'une de l'autre !

— Laisse-moi finir et ne cherche pas à te mêler de mes affaires. Tu me dois plus d'un service,

* Dernier roi de l'Empire néobabylonien.

souviens-t'en. Alors rends-moi celui-ci. Une phrase suffira pour la femme aussi. Qu'on lui transmette : “Je ne suis rien sans toi.”

~

Lorsque le garçon s'en fut allé, les ruelles labyrinthiques étaient gagnées par la nuit. Zinana sortit sur la terrasse. La ville s'étendait à ses pieds, sans limite. Deux êtres seulement la préoccupaient. Deux êtres dont elle avait noué le destin. Elle contempla la lune qui dominait un ciel pur et immense. Zinana avait toujours été fascinée par la voûte étoilée. Elle y voyait comme un châle très fin parsemé de perles formant de mystérieuses incantations, des charmes puissants qui apportaient la séduction. Cette nuit-là, le disque rond comme un œil surveillait les moindres mouvements, les moindres actions. Le dieu Sin* régnait sur son monde. Mais ne disait-on pas que la catastrophe menaçant Babylone avait pour cause la folie réformatrice de Nabonide qui avait voulu détrôner Marduk et imposer Sin à la cité et à tout l'empire ? Qu'arrivait-il au prince ? Pourquoi voulait-il bouleverser l'ordre éternel ? Et pourquoi Sin, qui voyait tout, qui perçait les secrets nocturnes, acceptait-il ces hommages impies ? Elle baissa la tête, honteuse de ces réflexions impudentes, et de son intérêt sacrilège pour les Perses.

Soudain, un doute inopiné l'ébranla. Et si son plan échouait ? Si Hiram et Déborah allaient s'accrocher à leur sotte illusion ? Elle serra les dents sous l'effet de la fureur et de la jalousie qui lui rongeait le cœur. Elle détesta cette idée. Elle agrippa

* Divinité lunaire babylonienne.

le petit muret et se pencha en avant. Le corps tendu, elle scruta la ruelle noire, à droite, à gauche. Personne ! Elle se mit sur la pointe des pieds pour voir plus loin, elle retint son souffle pour mieux entendre. Pressa sa poitrine pour empêcher son cœur de battre.

A ce moment, elle crut percevoir un bruit de pas et se jeta en arrière. Brusquement submergée par l'émotion, elle se précipita dans sa chambre. Dans le noir, elle se dévêtit et se précipita sur sa couche dont elle froissa les linges fins pour faire croire qu'elle dormait.

Un vacarme résonna. Des claquements, des pas heurtés. Zinana entendit une voix. Celle de Hiram.

— Zinana ! Zinana !

Fallait-il lui répondre ? Ne rien dire ? Le savoir là, maintenant, suffisait à son bonheur. Son plan avait marché. Hiram était venu jusqu'à elle ! Mais il faudrait le retenir. Répondre alors ? Au moment où elle se décida, elle perçut le frottement de ses sandales sur les marches.

Elle vit alors le corps de Hiram dans l'encadrement de la porte, sa silhouette d'un noir plus dense que celui de la pièce. Il paraissait hésitant, pris par une soudaine retenue. Il murmura.

— Zinana !

— Tu me cherches ?

Sa voix était posée, légèrement traînante. C'est alors qu'il s'aperçut qu'elle était nue. Désinvolte, elle tendit la main vers une étoffe légère qu'elle plaqua contre sa poitrine. Un geste de pudeur calculée qui ne cachait rien de ses formes. Avant même qu'elle n'ait pu dire un mot, Hiram se lança dans le récit de sa nuit ; un récit confus. Elle-même, qui avait pourtant tramé les événements, avait du mal à s'y retrouver.

Il parlait debout au milieu de la pièce. Zinana décida finalement de revêtir une tunique. Non par décence mais pour avoir les mains libres. Puis elle alluma une petite lampe à huile, qu'elle plaça sur un coffre, près du plateau de figues.

Le visage du garçon était marqué. Mais nullement hagard comme elle l'avait prévu. Il portait les traces de sa course. De la colère qu'il avait dû ruminer durant son trajet. De l'amertume qui le rongeait. De dépit. Elle avait du mal à mettre un nom sur le sentiment dominant. Rien de comparable, en tout cas, avec ce qu'elle avait éprouvé quand elle avait compris qu'il lui préférait Déborah. Rien même qui ressemblât à ses premiers dépits amoureux, quand, trop jeune, elle n'était pas capable de dominer ses amants. Elle ne voyait pas de larmes. Pas de regrets de ce qui aurait pu être.

Délicatement, comme une mère console son fils, elle retira la pelisse qui couvrait les larges épaules de Hiram sans qu'il n'émît la moindre protestation, et la disposa sur le balconnet de la terrasse, bien en vue depuis la ruelle. Puis, elle se saisit d'une torche qu'elle alluma et qu'elle ficha dans une encoche pratiquée sur le muret, à côté de la pelisse.

Hiram n'y fit pas attention. Il ressassait son histoire.

Lorsqu'elle revint dans la pièce, Hiram s'était assis sur la couche. Il marmonnait toujours.

— Si tu savais combien je me sens stupide. Je sais maintenant ce qu'il en coûte de vouloir tout abandonner pour une femme ! Folie ! Je suis trahi. J'ai du mal à respirer… J'ai l'impression de n'être plus rien. D'avoir tout perdu. Zinana, regarde-moi ! Je deviens fou. Si tu m'avais vu, dans la nuit, au bord du canal ! La lune se reflétait dans l'eau. Un grand disque d'argent qui clapotait. J'ai attendu. Pourquoi ai-je attendu en vain ? Peut-être ai-je mal compris ce que l'on m'a dit. Me suis-je trompé d'endroit. D'heure encore... Je dois y retourner ! Elle était peut-être là-bas. Elle m'attend et je suis ici !

Zinana s'assit à son tour sur la couche, à l'écart, pour ne pas effrayer Hiram. Le toucher, à cet instant, eût été une erreur. Elle devait se tenir à distance et mesurer son ton pour qu'il paraisse humble.

— Apaise-toi, Hiram.

Puis, de manière un peu plus soutenue, toujours sans excès.

— Tu poursuis un rêve inaccessible. Mais tu ne pouvais savoir. Reprends ton souffle, oublie-la. Il y a tant d'autres plaisirs qui t'attendent.

D'un geste nonchalant, dans le mouvement continu de ses paroles, elle fit glisser sa tunique. La flamme rousse de la lampe dansa sur son corps. Jeu d'ombres mouvantes, épousant la courbe de l'épaule, de la hanche, des seins, imitant la pulsation de la vie. En cet instant, le monde sembla se concentrer sur la chair ferme de la jeune femme. Son corps parut au centre de la nuit. C'est de lui que rayonnait la lumière.

— Te souviens-tu de ce corps ? dit-elle en se penchant légèrement en arrière pour en faire ressortir la courbure. Combien tu l'as aimé. N'étais-je pas unique quand j'étais dans tes bras ?

Hiram, fasciné par le corps qui s'offrait, répondit d'une voix émue.

— Oui, unique.

Zinana n'osa pas bouger de peur de rompre le charme. Elle pressa délicatement son corps dénudé contre celui du jeune homme, et murmura :

— Hiram...

Puis elle se tut et attendit que Hiram lui succombe.

Du bruit, à nouveau, retentit dans la maison. Zinana dressa l'oreille. Hiram ne réagit pas. Il demeura abandonné contre elle, sans le moindre tressaillement. Le bruit de pas s'accentua.

Par-dessus l'épaule de Hiram, Zinana ne vit que la gueule noire du couloir, mais elle ne doutait pas qu'il s'agissait de Déborah et elle voulait exposer sa nudité à la jeune femme. Elle savait quel serait son prochain geste. Dès qu'elle la verrait, elle se redresserait en attirant Hiram contre sa gorge offerte et ses seins gonflés.

Soudain, la flamme de la lampe vacilla sous l'effet d'un courant d'air. Zinana se redressa au moment où Déborah apparaissait.

Les yeux de Déborah brillaient d'une lueur inaccoutumée. Elle était venue chercher querelle. Ce n'était plus la jeune fille sage qu'elle avait connue. C'était une femme trompée, blessée, donc belliqueuse. Sa voix, d'ailleurs, trahissait son intention.

— Zinana ! Te voilà, tu ne perds… Hiram !

Le corps de Hiram vibra à l'appel de son nom. Zinana, elle, était déterminée. Feignant la surprise, elle s'indigna. En se levant, elle dévoila toute sa nudité.

— Que viens-tu faire chez moi au milieu de la nuit ?

Déborah ne lui répondit pas. Elle s'était figée.

— Hiram ! C'est donc bien ta pelisse qui pend dehors comme l'étendard de ta trahison !

Zinana agrippa Déborah par les épaules. Pour détourner son attention. Pour feindre l'outrage. Mais surtout pour l'empêcher d'approcher Hiram.

— Qui t'a permis ?

Déborah se dégagea. Elle ne voyait pas Zinana, simple corps fait de chair dont Hiram se repaissait. Ce qu'elle devinait dans le petit carré de cette pièce faiblement éclairée par une lampe suffisait à ce que le monde s'effondrât. Tout n'était que mensonges, les paroles de Hiram auxquelles elle avait cru, et surtout ses promesses inventées pour jouir impunément du corps d'une jeune fille naïve.

Elle articula alors d'une voix blanche comme une aube d'hiver.

— Ecarte-toi, Zinana ! Laisse-moi voir Hiram qui se cache dans les draps de ton lit.

Le ton était si dur que Zinana s'effaça sans songer à discuter. Déborah fit un pas en direction de Hiram. Les yeux de la jeune fille étincelaient. Lorsqu'elle s'adressa à lui, elle parla sans desserrer les dents.

— Tu m'as trahie. Mais la faute m'en revient. Oh oui, c'est mon entière faute, je le confesse ! Je m'efforçais de me leurrer sur ton compte. J'avais tort. N'essaie pas de me revoir. Esdras* avait raison. Que ne l'ai-je écouté ! Cela, tu ne peux pas le comprendre. Folle que je suis. Bien sûr qu'il ne faut pas se mêler aux gens des nations. Esdras s'opposait à notre union. Nous ne le prenions pas au sérieux. Moi, surtout ! Moi, je ne voulais pas l'entendre. Je me croyais assez forte pour n'en faire qu'à ma tête. J'étais prête à renier les miens ! Je tenais tant à toi. J'étais si sûre que tu étais différent des autres ! Tu m'as montré ton vrai visage. Tu m'as prouvé qu'Esdras avait raison. Tu viens d'un monde qui ne connaît pas la fidélité. Va ! Je n'ai plus rien à faire avec toi.

Elle tourna violemment les talons et, sans rien ajouter, dévala l'escalier.

Hiram resta un instant interdit. Puis brusquement, d'une manière un peu rude, il saisit la cuisse de Zinana.

— Viens ici, toi. La nuit n'est pas finie…

~

* Organisateur, avec Néhémie, de la communauté juive après l'exil, considéré comme le réinventeur du judaïsme, après Moïse.

Babylone était tombée. Les Perses l'avaient prise par fourberie. La nuit. Alors que les deux amants se déchiraient, égarés par leur propre folie, et par l'art de l'intrigue de Zinana, qui était aussi un art de la guerre, les Perses étaient passés par les canaux. Ils avaient fait pénétrer des troupes dans la ville et circonvenu la garnison chargée de défendre les portes. Puis le gros de leur armée était entré et toutes les unités réfugiées derrière les remparts s'étaient retrouvées impuissantes. D'aucuns disaient qu'on les avait aidés et on pointait du doigt les prêtres du temple de Marduk. Ils auraient trahi à cause de Nabonide. Il était vrai qu'ils tiraient déjà parti de la présence des Perses et de leur nouvelle autorité. Nabonide exilé, Marduk était à l'honneur, tandis qu'Ishtar était oubliée. Oh, elle n'était pas censurée, ni interdite. Son culte, comme de nombreux autres, était maintenu. Mais dans les cœurs, Zinana le sentait bien, la déesse perdait de son importance. D'ailleurs, elle-même ne se rendait plus guère au temple. Les Perses avaient d'autres divinités pour les armes. Et l'amour, la passion amoureuse leur était étrangère. La nouvelle mode était aux enfants. A l'engendrement de fils. De combattants pour la Bonne Religion. Ishtar n'avait plus sa place. Zinana était devenue inutile.

Déborah s'était volatilisée au-delà de toute espérance. S'était-elle jetée dans l'Euphrate qui coulait en contrebas, ou avait-elle quitté la ville dans les fourgons des Judéens que la nouvelle administration avait autorisés à rentrer chez eux ? Les deux hypothèses étaient plausibles. Mais finalement sans intérêt. Déborah n'était plus là. Pourtant son absence ne servait en rien Zinana. Hiram s'en était allé avec elle.

Zinana l'avait perdu de vue. Depuis cette nuit, il lui avait échappé. Il l'avait délaissée comme il avait délaissé Déborah ; en se tournant vers d'autres femmes. Elle le voyait, parfois, longer le fleuve pour se rendre chez l'une d'elles. Son reflet dansait dans l'eau. Et lui revenaient les paroles de la malheureuse Déborah sur le désir d'un être, un seul.

GOLAN

Golan, 73 apr. J.-C.
Une partie de la population juive, les zélotes, s'est soulevée contre les légions romaines.*
Elle refuse de payer à l'empereur l'impôt qui revient à Dieu.
La guerre est finie.
Le dernier bastion de défense, la citadelle de Massada, est tombé.
Tous les défenseurs ont péri, préférant se donner la mort plutôt que d'être faits prisonniers.
Une nuit de cette terrible année, sur les rives du lac de Tibériade.

* Du grec ; nom donné aux juifs qui, sous le pouvoir romain, ont conduit une révolte armée contre la domination étrangère.

C'est le crépuscule. Tout est calme. Les eaux du lac brillent, indifférentes. Sur la grève gît une barque posée sur le côté, vide, inutile.

Nour contemple avec tristesse les vaguelettes qui viennent s'échouer dans une rumeur entêtante de gravillons roulés, traînés. Le vieil homme est arrivé par les eaux calmes du lac quelques heures auparavant, sur un frêle esquif de pêcheur. Les hommes l'ont aidé à poser pied à terre, avec le respect dû aux anciens, puis s'en sont retournés sur les eaux vaquer à leur travail, avec promesse de revenir bientôt le chercher. Ses mains noueuses agrippées à son bâton, il a alors marché jusqu'à Nour pour lui délivrer son message. Ensuite, comme quelqu'un qui s'est acquitté d'un devoir, il a tourné les talons et est allé s'adosser à une roche émoussée en attendant tranquillement que l'on vienne le récupérer.

Nour attendait un signe. Et c'est ce vieillard qui est venu jusqu'à elle, après un long voyage qu'elle a du mal à imaginer. Il lui a confirmé ce qu'en son cœur elle pressentait déjà. Le jeune zélote Mattathias est mort. Voilà ce qu'il est venu lui annoncer. Dans la forteresse de Massada, son corps abandonné sur une terre que Nour n'a jamais foulée.

Pourtant, Nour n'attendait déjà plus son retour. Depuis qu'il était parti, que sa silhouette s'était effacée, à l'instant même où le bruit de ses pas s'était estompé, il ne comptait plus pour elle. Il l'avait trahie. Il l'avait quittée.

Il est mort, désormais. Il l'était déjà pour elle.

Le vieil homme a dit que Mattathias a fait ce qu'il devait faire. Il est mort dans la forteresse de Massada, lors d'un combat désespéré. Il sera récompensé à la fin des temps pour sa fidélité et son sacrifice. Le sacrifice sans réserve, à l'Eternel. C'est cela qui l'a poussé au combat et qui a finalement eu raison de lui.

Nour se souvient pourtant de l'amour, de cette promesse de bonheur. De la gratitude qu'elle a éprouvée, prête à tout donner en retour. Mais certains hommes ne sont pas à la hauteur des promesses qu'ils font naître. Et ils fuient.

Elle se souvient de ce qu'ils ont vécu, là-haut, dans son village d'El-Omeh. Cette année-là, l'été avait ralenti les pulsations de la vie. On supportait la chaleur pesante en attendant l'automne tendre et malléable. On avait appris à vivre à l'écart des grands axes, loin du commerce et des conquêtes, en s'occupant d'élevage, en cultivant de petits lopins de terre. Cela suffisait.

Là-haut, le regard porte naturellement vers l'est, en direction des grandes étendues désertiques. Rien ne menace de ce côté. C'est vers le désert, d'ailleurs, qu'elle s'est tournée quand il s'en est allé. Vers la terre sans hommes et sans dieux. Alors qu'ici, au pied du plateau, il y a un lac poissonneux, des terres riches et limoneuses, mais aussi le désastre…

Mais en ces temps-là, Nour rêvait encore, pleine d'espoir. Et puis le trouble était arrivé. La guerre ravageait la plaine. Et dans les maisons accrochées au piton rocheux, les hommes étaient devenus inquiets. Ils disaient qu'il n'est jamais bon d'assister au déploiement d'une armée, même de loin. Que tôt ou tard le conflit allait les rejoindre, qu'un jour leurs ravins verraient apparaître les belligérants ; un jour, ils se trouveraient pris dans la tourmente. Le soir, quand ils avaient retourné leur terre ou rentré leur troupeau, les hommes en parlaient. Parmi les anciens, les opinions divergeaient. Certains gardaient mémoire du Judéen Philippe qui avait été un roi bon et humain. Ils se souvenaient avec une certaine sympathie des communautés de juifs babyloniens qu'Hérode avait installées dans la région. Pour cette raison, ils étaient plutôt favorables à la cause juive. D'autres penchaient pour la force romaine ; personne là-haut n'avait eu à s'en plaindre depuis que le pays était passé sous son autorité directe. Les opinions ainsi étaient contraires, mais sans tensions. Il y avait bien les jeunes gens, les cousins et les frères de Nour, que l'idée du combat exaltait, mais pour la plupart, les villageois ignoraient les raisons de cette guerre.

Une guerre qui l'avait privée de celui qu'elle aimait. Mattathias était juif, et le vieil homme venu annoncer sa mort, malgré son âge, lui ressemble.

Nour rajuste sa pelisse, se replie sur elle-même et, prise de fatigue, s'accroupit sur la grève. Elle laisse courir son regard sur la surface de l'eau. Il y a de l'amertume en chacun de ses souvenirs, et la tranquille indifférence du lac ne suffit pas à lui procurer cet étrange bien-être qu'elle a toujours éprouvé à sa contemplation. Elle avait douze ans lorsque, du haut des collines, elle avait entrevu pour la première fois ses reflets miroitants. Une émotion bouleversante, des images, comme des fragments de rêves, venus d'on ne sait quel passé. Un vent de fraîcheur dans la canicule, un fleuve ou des canaux, une ville… Singulières images pour celle qui n'avait jamais quitté son village.

Maintenant au contraire, ce sont des images de guerre qui l'assaillent. Elle ressent sa violence qui balaye tout, terre, bêtes et hommes, avec son cortège de hurlements, de cris de combat ou de souffrance. Elle voit luire les armes tranchantes qui labourent la chair et perçoit l'odeur âpre du sang mêlé au cuir et à la sueur. Et toute la poussière qui obscurcit cette terre jonchée de cadavres où elle a définitivement perdu Mattathias.

Pourquoi les dieux donnent-ils pour ensuite mieux reprendre ? Ils ne font entrevoir le bonheur que pour mieux jeter les hommes dans le malheur. Les dieux… Il n'y a rien à espérer d'eux. Ni des siens ni de celui de son aimé. Il n'y a pas de place pour eux entre deux amants. Ils le savent et en conçoivent de la jalousie. Qu'ils soient maudits !

Le corps de Nour se met à trembler. Elle pleure. Quelques instants à peine, puis les spasmes s'espacent comme les vaguettes du lac, qui, imperturbables, allongent leurs pulsations sur la grève. Indifférence bienfaisante qui la calme.

La nuit est tombée sans s'annoncer. Elle est venue peu à peu, comme un animal rampant du fond de l'horizon. Les nuages ont été engloutis dans une voûte d'un noir égal. L'œil rond de la lune brille toutefois dans le ciel, et son reflet danse comme une langue sur les eaux du lac.

Elle se souvient alors de la rencontre avec les étrangers, les compagnons de Mattathias. Lorsque, après une course à travers le maquis abrupt et sauvage dans ses montagnes, elle s'est retrouvée face à cet homme seul. Et comment brutalement son cœur a bondi en sa poitrine du même bonheur que celui éprouvé en contemplant le lac pour la première fois. Il a vite été rejoint par une dizaine d'hommes, harassés de fatigue et cherchant à éviter les troupes romaines dans l'idée un peu folle de rallier la forteresse de Massada. Là-bas, sous la direction d'Eléazar, fils de Jaïr, leurs frères sicaires* résistaient encore. Tous ceux qui ne voulaient pas reconnaître d'autre maître que Dieu devaient leur prêter main-forte. Car aucun règne humain n'était tolérable ; à leurs yeux, seul était acceptable le règne de Dieu qui devait mettre fin à l'histoire et faire briller la vérité. Et qu'importe le prix ; les prophètes ont annoncé que la venue du Royaume serait précédée de longues souffrances. Ils étaient prêts à endurer le temps de la souffrance si celui-ci pouvait hâter la venue du Règne. Voilà ce que disaient les hommes qui accompagnaient Mattathias ; et ce dont Mattathias lui-même était convaincu.

Le village n'a pu refuser l'hospitalité aux étrangers. Pourtant, n'étant ni juifs ni romains, les villageois n'avaient aucun intérêt à leur querelle. Mais ils étaient des hommes libres. Leur tradition n'était pas la lâcheté. Parmi les juifs venus jusqu'à eux, il y avait des voisins de bonne entente. Les Romains, eux, tous les Romains, leur étaient étrangers. Les hommes ont donc été accompagnés jusqu'aux murets bas des vergers et répartis dans différents foyers. Mattathias est allé chez l'un des cousins de Nour, qui a prié pour qu'il vienne chez elle ; mais là encore, les dieux ne l'ont pas écoutée. Elle

* *Sicarii*, du latin *sica*, court poignard. Partisans de la guerre contre l'occupation romaine qui pratiquaient le terrorisme et l'assassinat à l'aide de leurs poignards.

savait que, après avoir accueilli et logé la troupe, les villageois attendraient quelques jours avant de lui demander de quitter les lieux. Assez longtemps, espérait-elle, pour parler à Mattathias.

Les jours se sont écoulés dans une certaine quiétude et le sentiment pernicieux que le village était une entité négligeable que les troupes étrangères ne viendraient jamais visiter s'est insinué dans les cœurs. Nour et Mattathias se retrouvaient souvent pour cheminer dans les collines, Mattathias, tenant la main de la jeune fille, lui racontait les chants d'amour de son pays qu'on psalmodiait durant les noces. Il disait que, enfant, il avait surpris des bribes de conversations sur ces poèmes contestés. Nour l'imaginait écouter sans les comprendre ces enseignements. Lui, souriait. Il expliquait comment certains sages s'indignaient : ces poèmes amoureux pouvaient-ils être chantés dans les assemblées alors qu'il n'y était jamais question de l'Eternel ? Ce n'était, disait-il, qu'à présent, sur ces hauteurs, qu'il en saisissait le sens. Ceux qui s'aiment doivent se cacher. Il n'y a pas de place pour eux dans le monde. Il n'y a aucun projet pour ceux qui n'appartiennent ni au monde des hommes ni à celui des dieux.

Des élans de gaieté incongrue traversaient alors Nour, elle trouvait que les anciens avaient bien raison de s'inquiéter, leur Eternel n'était pas cité dans ces chants d'amour parce qu'il n'y avait pas sa place. Et, se pressant contre Mattathias, heureuse d'entendre sa voix, elle profitait de ces instants de paix.

Mais, comme une pierre jetée agite les eaux calmes, la rumeur du conflit qui sévissait dans la plaine a enfoncé dans sa poitrine une nouvelle évidence.

Quelque chose allait arriver, Nour avait senti confusément la présence d'un drame tout proche. Un matin, les guetteurs ont repéré un détachement romain qui s'engageait sur les contreforts de la montagne. Elle se souvient des pas précipités, des appels des villageois qui se concertaient en grande hâte, dans un désordre indescriptible d'exhortations et de courses.

Puis le silence s'était fait pesant sur la petite esplanade au centre des maisons. L'angoisse des hommes du village était palpable, née de la peur qui les opposait à présent aux juifs. Quel parti prendre ? En quelques instants, un petit groupe d'hommes s'était formé avant de disparaître dans un wadi* asséché, il fallait chercher un endroit plus sûr, dans les montagnes.

Pour Nour, au contraire, c'était comme une délivrance, le monde allait enfin les laisser seuls, elle pourrait conduire Mattathias en un lieu calme et serein, loin des affaires humaines.

Mais il lui avait rappelé qu'il était soldat, qu'il appartenait à une troupe et qu'ils menaient un combat. Tous les juifs sans exception étaient engagés dans une guerre sainte dont dépendaient la rédemption et la liberté d'Israël et à laquelle nul ne pouvait se dérober. En restant avec elle, c'étaient ses compagnons d'armes qu'il abandonnait. Ils étaient une part de lui-même, ce qu'ils faisaient il le faisait et ce n'était qu'à l'ultime heure qu'il se retrouverait seul avec l'Eternel, dont il défendait la cause. Ils étaient peu nombreux, chaque présence comptait. Leur survie à tous dépendait des autres, de leur mobilité et surtout de l'avance qu'ils pouvaient prendre sur les troupes romaines. Elle ne pouvait

* En arabe, vallée ou cours d'eau.

mettre en péril les combattants du Seigneur, du Très-Haut, du Béni, et ne pouvait le détourner de sa tâche. Elle s'en était trouvée blessée, elle aussi, de cette guerre qu'elle haïssait et qui lui prenait celui qui lui était destiné.

La jeune femme se met à marcher de long en large sur la grève. Il y a quelque chose d'obsessionnel dans ses allers et retours. De longues minutes passent. Seul le crissement de ses pas résonne dans le silence de la nuit. Elle paraît lutter contre l'amertume qui afflue en elle et lui serre la gorge. Finalement, elle s'immobilise. Le souvenir des derniers instants lui revient.

Cette nuit-là, une colonne de villageois accompagnant les zélotes est partie en direction du camp dressé par les éclaireurs dans les grottes d'Akkib. Ils ont très vite été harassés par leur marche forcée dans les traîtres ravines qui menaçaient à chaque instant de les égarer dans le labyrinthe de terre jaunâtre et craquante. Cette lande abandonnée, inféconde, incultivable. Ils ont marché en silence. Une sorte de brume mélancolique, une vapeur mouvante et blanchâtre était accrochée au creux des pentes. C'est alors qu'ils ont entendu des gémissements étouffés sortir de la terre, des étagements barrés d'éboulis, des fourrés desséchés. D'autres cris sourds montaient d'une ravine en contrebas. Mattathias a lâché la main de la jeune femme et a dévalé la pente. Nour a voulu crier, elle savait que son bonheur prenait fin en cet instant, mais elle est restée muette. Sautant les dévers à toute allure, elle l'a suivi jusqu'à la passe tapie dans l'ombre. Tout d'abord elle n'a rien vu, le contraste avec la grande clarté du jour accentuant les ténèbres, puis elle a heurté un objet mou. C'était une sandale, qui avait roulé contre une pierre. Elle s'est penchée pour la saisir. Sous la sandale, derrière la pierre, une main ensanglantée pendait, inerte... Les juifs avaient été massacrés, il ne restait que trois survivants. L'un d'eux a pu parler, il leur a raconté que Yossé bar Toffeta, un être farouche et solitaire qui avait pris la tête de cette petite troupe contraint par les circonstances, avait voulu affronter la colonne romaine contre l'avis de ses hommes. La mêlée avait eu lieu dans la passe. Les juifs avaient péri, comme une préfiguration de ce qui arriverait à leurs frères peu de temps après, derrière les murs de Massada. Tous sauf trois hommes, dont un qui gardait ses mains plaquées sur son ventre pour empêcher ses entrailles de se déballer par la déchirure béante que lui avait faite un glaive. Celui-là allait mourir, le visage maculé de poussière et de larmes.

Mattathias, le regard noir, a alors eu ces mots terribles. Son front s'est assombri, son regard durci. Il a évoqué le sacrifice ultime. Plutôt mourir, a-t-il dit, que céder aux Romains sans pitié, cette engeance d'iniquité. "Le tiède doit être considéré comme un ennemi, et le destin des ennemis de Dieu est d'être retranchés du monde des vivants", avant d'écarter sa tunique et de découvrir le long coutelas des sicaires, pour conclure : "Je ne décevrai pas Pinhas."

Mattathias tenait l'arme serrée dans son poing, prêt à trancher les épaisses cottes de cuir des légionnaires de l'armée romaine et à fouailler leur chair. Mais le carnage était fini. Les corps tordus sur la rocaille, les gémissements des mourants, l'odeur âcre du sang qui commençait à envahir l'étroit réduit où avait eu lieu le combat. L'atroce évidence était là.

Lui sont revenues les images des êtres qu'il avait lui-même éventrés, égorgés ou amputés, un regard, une bouche déformée, un cri d'angoisse ou d'agonie. Et la sensation écœurante de la chair sous la lame. Il avait senti, sur ses cuisses et ses mollets, l'humidité poisseuse d'un sang qui n'était pas le sien.

— Achevez les blessés.

Puis un lourd silence qui semblait émaner des cadavres, comme une protestation muette, s'est installé. Alors, il s'est relevé et sans un mot il est parti, enjambant les corps. Et Nour a compris qu'il allait rejoindre les morts.

Devant le lac, la jeune femme se penche et ramasse un gros galet arrondi. Des larmes coulent sur son visage, qu'elle essuie maladroitement. Elle frotte la pierre humide de ses pleurs. Le lac est devenu comme un miroir scintillant qui reflète son corps dans le frémissement de l'eau vive. Elle jette la pierre de toutes ses forces, qui heurte la surface de l'eau avec un bruit sourd. Pendant quelques secondes, la surface étale est agitée. Puis la rumeur s'efface. L'eau emporte la pierre engloutie, il n'y a que le silence des pas étouffés de Nour s'éloignant de la rive.

Un poisson saute hors de l'eau. Les roseaux s'entrechoquent sous la brise. Une ombre légère voile la lune.

BAGDAD

Bagdad, 922 apr. J.-C.
La capitale des Abbassides est en ébullition.
Un procès l'agite : on accuse un mystique, Al Hallaj, de blasphème.
L'importante communauté juive qui y réside vit ses derniers jours.
Les regards sont tournés vers un nouveau centre : Al Andalus.

Mon âme est bouleversée. J'aurais voulu être
Une branche de myrte pour que mon parfum t'enveloppe
J'aurais voulu avoir des mots langoureux pour te charmer,
Mais rien ne me venait, sinon des larmes qui coulaient sur mes joues.
D'une voix claire, comme si tu chantais auprès du feu
Ta voix frémissante a fait vibrer mon cœur et ma mélancolie.
Plus jamais les doutes ne pourront m'assaillir
Mais l'envie de rire, de pleurer, de crier, de disparaître.
*J'étais le grand vent du sud qui dévale le djebel**
Pour hurler sa force et son bonheur.

~

Les eaux du Tigre coulent paisiblement, scintillant dans la lueur pâle d'une lune un peu froide. Elles s'en viennent de Mossoul, au-delà des méandres, en amont, et descendent jusqu'à Bassora, le dernier port avant la mer, la cité des *ahl al-hadith***.

* En arabe, montagne ou région montagneuse.
** Paroles de Mohammed transmises par tradition orale, et venant compléter le Coran.

Le Tigre. Le fleuve irriguant Bagdad comme une artère gonflée de vie. Par lui s'effectue le commerce. Par lui est assurée la circulation des biens et des personnes. Par lui entrent et sortent quotidiennement les denrées, le blé surtout, objet de tant de désastreuses spéculations qui affament le peuple ; mais aussi les produits des ateliers, des manufactures de tissus, comme les œuvres de l'esprit et les hommes. Par lui arrivent tous les hommes… Toute cette immense population agitée d'intérêts divers qui se pousse dans les rues, dans les hammams, dans les souks, dans les demeures privées, les mosquées et les palais enclos derrière leurs murs, sans cesse en train de disputer, de s'affronter, versatile et violente. Tous ces maraîchers, barcassiers, artisans, cardeurs, mais aussi poètes, savants, canonistes ou banquiers, venus de tous les horizons, du Khorassan à l'Egypte, de la Syrie au Yémen, sans compter les juifs, les chrétiens et tous les idolâtres un peu louches qui rôdent dans ses faubourgs. C'est pour cela que Jalal aime cette ville, cité incomparable, la plus grande et la plus belle.

Pourtant, Bagdad a à peine plus d'un siècle d'existence. Sa croissance a été une poussée anarchique, faite d'absorptions successives de faubourgs autour de la ville ronde, *Madinat al-Salam*, la cité de la paix, tel qu'est son vrai nom. Ce n'est probablement pas le projet du premier Abbasside, mais il en est advenu ainsi. Et jusqu'il y a peu, c'étaient encore des quartiers disjoints, se collant les uns aux autres, presque de petites villes indépendantes agglutinées suivant un glissement singulier du nord vers le sud ; une sorte de rotation de la ville, résultat naturel d'une pression de la rive ouest, où se trouvait alors ce qui reste de l'ancienne ville, Bab Bassora, vers la rive est, là où se dresse, tout à l'extrémité orientale, la résidence, les palais du calife et les appartements du vizir. Mais à considérer les embarcations qui se balancent dans le courant, le grand pont de bateaux un peu plus loin, en aval, les entrepôts le long des rives, jusqu'au Karkh, et plus au sud jusqu'à l'octroi, on réalise que, en dépit des bouleversements qu'elle a connus, la ville est restée fidèle à sa vocation. Oui, Bagdad est tout cela et bien des choses peuvent y arriver.

A l'aube, la place de la 'Abbâsîya, l'esplanade de la préfecture qui se trouve à Bab Khorassan, est couverte d'une immense foule, serrée et bruissante. La plupart des présents sont venus en curieux. L'exécution à laquelle ils se préparent ne représente pour eux que l'épilogue spectaculaire d'un long procès dont ils ont suivi les péripéties sans beaucoup de compassion.

Jalal, qui vient d'arriver, embrasse l'assemblée du regard et sent son cœur s'assécher. Son père, nombre d'amis de celui-ci et lui-même, par la force de son éducation, placent la communauté des croyants au-dessus de tout. Elle est pourtant là, sous ses yeux, cette communauté, et il n'y voit que des regards féroces, avides d'horreur. Hallaj, celui-là même qui va être supplicié, voulait faire pénétrer l'islam dans le tréfonds des cœurs et des intentions, le rendre sensible et vivant. N'a-t-il pas raison à l'inverse de ses contradicteurs ? Cette masse excitée par la perspective d'une mort atroce à laquelle elle est venue assister en spectatrice, avant de s'en retourner à ses affaires, n'est-elle pas la preuve de l'urgence de la réforme voulue par le prédicateur ? Son échec et sa condamnation laissent craindre que son projet non seulement demeure vain, mais s'éloigne également trop des soucis et des intérêts de ces gens qu'il veut sauver d'eux-mêmes.

Pour l'instant, la place est entièrement suspendue dans l'attente. Sans doute le vizir craint-il quelques débordements car des hommes en armes quadrillent toute l'esplanade, ajoutant encore à la tension qui règne. A l'autre extrémité, contre le bâtiment de la préfecture, on a dressé une estrade et un gibet. Celui-ci est surélevé pour que tout le monde puisse voir le supplicié qui va y être suspendu.

Jalal essaie de se frayer un chemin pour s'approcher, mais il y renonce bien vite. De là où il se trouve, il ne voit pas grand-chose. Peu lui importe. Il n'est pas venu pour le spectacle. Il est là pour honorer le malheureux Hallaj de son humble présence. Il est là parce qu'il n'aurait pas pu, en ce moment tragique, se trouver ailleurs.

C'est son père, Hassan al-Karij, qui lui a parlé du prédicateur pour la première fois. Son père qui est hanbaliste. Or, depuis que Hallaj est allé se recueillir sur la tombe d'Ibn Hanbal, il a pour lui un certain respect. Assez pour s'intéresser à sa doctrine et amener son fils à fréquenter les cercles hallajiens.

C'est ainsi que Jalal a assisté à leurs réunions. Qu'il a couru chez les uns et les autres pour transmettre des informations, recueillir des paroles, des conseils ou des consolations. Il a découvert un univers complexe dont il ne soupçonnait pas l'existence, tout un réseau ramifié dans la ville. Il s'est aussi rendu compte, à les fréquenter, que la majorité de ceux qui soutiennent Hallaj ne comprend pas son attitude. Certains voient dans cette avancée solennelle vers la mort le signe de la plus haute sainteté. L'un d'entre eux a expliqué que Hallaj aurait prévu son supplice depuis fort longtemps, qu'il l'aurait même appelé de ses vœux. Il imagine que son sacrifice va se substituer au sacrifice annuel du hajj*, pour le pardon de tous les croyants. D'autres sont plus critiques. Oui, Hallaj a connu un des Noms d'Allah, dont la puissance a opéré en lui des miracles, mais il a fini par se fier à lui-même, et Allah s'est retiré, le livrant au supplice.

Ce que l'on reproche à Hallaj, c'est que, ayant fait des miracles en public, il a prétendu que c'étaient des actions directes de Dieu, usurpant ainsi son pouvoir suprême. D'ailleurs, n'est-ce pas le pamphlet d'Awârijî contre ces miracles qui a rallumé le feu et relancé le procès ? Ce n'est pas l'existence de ces miracles qui est remise en question, mais tout le monde les interprète comme des opérations des djinns**. Ce que l'on rejette, c'est l'affirmation que Dieu soit intervenu en personne. Si Dieu parle directement à travers un témoin ou agit par lui, dit-on, celui-ci devient l'égal des prophètes et de Mohammed qui cesse, dès lors, d'être l'unique émissaire de la prophétie.

Pourtant, c'est cet aspect plus qu'aucun autre qui a attiré Jalal. Il est fasciné par la figure de Hallaj parce qu'il soupçonne qu'à sa façon bizarre, hors normes, celui-ci accomplit l'islam. Oui, Hallaj le captive parce qu'il se fait le témoin vivant du Dieu vivant et agissant. Quelle meilleure preuve, en vérité, que l'apparition, au sein de la communauté, d'un tel homme ? Les juifs en ont-ils ? Quand le procès a repris, Jalal s'en est enquis auprès de Yassod, un juif qui commerce avec son père. Yassod a insisté sur le fait que leurs sages condamnent de telles manifestations. Entre Dieu et son peuple, a-t-il expliqué, il y a la Torah, et les hommes doivent

* Grand pèlerinage, à date fixe, aux lieux saints de La Mecque, durant lequel les fidèles pratiquent le sacrifice du bétail en souvenir du sacrifice d'Abraham.

** En arabe, démon, mauvais esprit.

s'en satisfaire car elle leur donne tout ce qu'il leur faut. Le père de Jalal n'aurait pas parlé autrement. Il se serait contenté de substituer le Coran à la Torah. Dans le fond de son cœur, Jalal n'a pas été convaincu par de telles réponses. Ne lui a-t-on pas appris que la Loi de Moïse est abolie, ayant cédé la place au Coran, que le temps réservé aux juifs est révolu, ayant cédé la place à l'islam ? Pourquoi alors les musulmans doivent-ils concevoir le monde avec les mêmes yeux que les juifs ? D'autant que Mohammed achève et accomplit toute la révélation. Ne peut-on, dès lors, concevoir qu'avec l'islam de nouvelles voies s'ouvrent ? Un nouveau rapport à Dieu, comme le propose Hallaj ? Y a-t-il vraiment un risque que la Loi soit abolie par la nouvelle forme de piété que propose le prédicateur ?

Toutes ces courses, cette agitation, ces discussions autour de la mort prochaine d'un homme qui se dit porteur du divin, témoin d'Allah, ne lui ont guère laissé le temps de penser à ses propres affaires. Il en a presque oublié Ruth, qui a pourtant conquis son cœur jusqu'à le jeter dans les égarements d'un fou, occupé par la seule image de son amour perdu. Depuis le départ de Ruth dans le quartier de Qatî'a, à l'autre extrémité de la ville, Jalal a vécu en mourant. Ce que les autres appellent jour est sa nuit, ce qu'ils appellent nuit est une abomination. Mais elle est reparue ces derniers jours et la blessure s'est rouverte.

Depuis qu'il a appris son retour, pas un seul jour ne s'est écoulé sans qu'il n'ait songé à lui rendre visite. Il a décidé de repousser cette tentation, tellement dérisoire au regard de l'affaire qui agite la ville. Régulièrement le visage de Ruth s'est présenté à son esprit. Et régulièrement il l'en a chassé. Mais, à force de penser à elle, il a fini par céder au désir. Ce matin, il a décidé de retrouver Ruth dans le jardin de leur enfance avant l'exécution.

Quittant la place, il s'est mis en route, laissant derrière lui le Karkh, avec son inlassable va-et-vient de portefaix, de manœuvres et de coltineurs irrésistiblement attirés par le port, pour s'engager dans le quartier non moins industrieux de Shaqîya. Le temps est doux et propice aux déambulations rêveuses. La population pourtant préfère s'activer. Dans l'incertitude de l'avenir, dans la crainte d'une nouvelle crise du pain, les hommes se lancent dans les ruelles avec avidité, cherchant à grappiller un dirham*, ici ou là, redoutant toujours de ne pas en avoir suffisamment pour prévenir la crise. A vrai dire, seules les petites gens sont concernées par cette angoisse. Les banquiers spéculateurs et les fermiers généraux en tirent d'appréciables profits. Ce qu'ils ont à redouter, eux, c'est plutôt la révolte des pauvres et des démunis. Mais avec le procès, le peuple est occupé. Jalal soupçonne même le vizir de se servir de Hallaj à cette fin. Hasardeux calcul, car si le peuple en a quelque peu oublié l'inflation, l'agitation a pris une autre tournure tout aussi inquiétante.

Il marche en pensant à Ruth quand il débouche au milieu d'une foule plus dense. Il ne s'est pas aperçu qu'il s'est engagé dans le souk des tissus, grande halle ouverte, toujours assaillie de marchands et d'acheteurs qui ne se reposent que la nuit. Il fait marche arrière en cherchant une ruelle plus paisible pour poursuivre sa route. Comme il passe de rue en rue, il avise une petite mosquée qu'il ne connaît pas. A dire vrai, depuis quelques

* Monnaie d'argent chez les Arabes.

instants, il suit des ruelles qu'il n'a jamais prises jusqu'alors. Un secteur inconnu de sa ville, comme il y en a tant dans ce vaste conglomérat de maisons de briques. Quelques pauvres hères sont assis contre les murs, attendant qu'un homme pieux accomplisse son devoir et leur donne l'aumône légale. Un peu plus loin, sur le parvis, il remarque un petit groupe d'hommes serrés les uns contre les autres, écoutant un prédicateur. Curieux, il traverse en quelques pas l'esplanade et les rejoint.

Comme il fallait s'y attendre, le prédicateur – à la teneur de ses arguments, il déduit qu'il s'agit d'un mutazilite* – s'efforce de réfuter, assez maladroitement, la doctrine du désir qu'a professée l'ancien soufi dans les souks et les mosquées de Bagdad.

“L'amour, martèle-t-il, ne peut en aucun cas permettre à l'homme de s'unir à Allah. L'homme est un être limité, fini. Tout ce qui vient de lui est fini, limité. C'est pourquoi l'homme ne peut saisir l'essence d'Allah par la pensée. Les pensées de l'homme ne sont que des choses finies qui ne peuvent circonscrire l'infini. Or l'essence d'Allah est infinie. Même les Noms d'Allah qu'il croit comprendre et connaître ne sont que des mots qu'il forge pour exprimer l'image qu'il se fait d'Allah. Ces mots n'ont aucune réalité. Et, de même que l'homme ne peut penser que le fini, il ne peut vouloir que le fini. Comme la pensée, la volonté de l'homme est limitée, mesurée. Alors comment le désir fini de l'homme pourrait-il contenir l'essence infinie d'Allah ? Comment le désir fini pourrait-il s'unir à l'essence infinie ?”

Jalal s'écarte en contenant mal sa colère. Toute cette dialectique insipide ne rend pas justice à la

* Courant de théologie rationnelle au sein de l'islam.

subtilité de Hallaj. Elle en devient même fausse dans la mesure où elle dissimule ce que Hallaj, conscient de la finitude du cœur humain, n'a eu de cesse d'expliquer. Et elle est mensongère quand elle tait délibérément l'idée centrale de la prédication de Hallaj, selon laquelle l'union avec Allah ne peut advenir que lorsque Allah Lui-même est descendu dans le cœur de l'homme et l'a transformé pour le rendre capable de s'unir à Lui.

Jalal ne sait plus très bien ce que l'amour représente. Est-il cette passion qu'il a éprouvée pour Ruth, jusqu'à en devenir fou, jusqu'à faire de lui-même un être dont tout le monde se moque ? Est-il cette forme supérieure dont Hallaj montre la voie et qui le tente ? En dépit des paroles du prédicateur hargneux, il sait qu'il y a dans l'amour un désir infini, et douloureux d'être infini. Mais, avec le départ de Ruth, ou sa fuite faudrait-il dire ? il a eu le temps de considérer sa folie. A-t-il le droit de faire souffrir Ruth ? Ne vaut-il pas mieux qu'il renonce à elle ? Il agite encore ces pensées contradictoires sans trouver de réponses lorsqu'il arrive au jardin, que l'ombre gagne de minute en minute. Le soleil ne parvient qu'à s'y infiltrer timidement. Il s'en dégage une aura de magie et de merveille qui n'est pas sans évoquer les romans populaires qui circulent à Bagdad ces dernières années, mais s'y ajoute une sourde menace assez désagréable.

Ruth attend, dissimulée sous un arbre, afin que nul ne remarque sa présence. Combien de joyeux souvenirs se pressent au cœur de cette petite cour fermée du quartier de Tristazîyîn, qui donne dans l'une des innombrables ruelles conduisant aux grands bains ? Des images lumineuses qu'elle refuse de voir se dissiper ou de laisser corrompre par l'inquiétude qui rôde. Elle regrette les rues familières de Tristazîyîn où ils étaient tellement mieux logés. Mais les temps se sont faits difficiles, et son père, Eléazar, a dû s'installer dans le quartier populeux des ateliers pour y troquer son métier de commerçant contre celui, bien moins noble et plus pénible, de teinturier.

Aujourd'hui, après presque une année d'éloignement, elle est de retour dans le jardin et attend Jalal avec impatience.

Pourquoi ressent-elle tant d'empressement à l'idée de le revoir ? Elle n'est pas très sûre de sa réponse. La saveur des souvenirs n'y suffit pas. Elle le sent bien à présent. En remontant vers son cœur, ils provoquent en elle un vague à l'âme, un élan de tendresse mêlé de cette tristesse qui accompagne toujours les choses révolues.

Naïvement, elle a tout d'abord songé à une amitié particulière, qui s'est imposée telle une évidence, comme s'ils partageaient un secret. Puis l'émoi de l'adolescence a aiguisé ses sens, et l'a entraînée bien au-delà de l'amitié. C'est alors que Jalal a commencé à hanter les ruelles et à écrire ces poèmes enflammés qui l'ont troublée et gênée. Ce qui n'était chez elle qu'un questionnement a pris chez Jalal une ampleur démesurée et l'a affolée. Il déambulait comme une âme en peine, comme un mendiant que les gens évitent. Il allait, criant son nom de par les rues. Incapable de répondre ou de le repousser, elle a préféré ne plus le voir. Peut-être, si Jalal s'est pacifié, pourra-t-elle enfin démêler les sentiments qui déchirent son cœur.

A cet instant, Jalal entre dans le jardin. Il s'arrête, la regarde. Et il ressent un choc. Ruth est belle, à n'en pas douter, surtout ses yeux clairs qui se voilent de manière indéfinissable lorsqu'ils rencontrent son regard. Mais il y a autre chose. Ruth ne portait pas cette rayonnante féminité autrefois. Il en éprouve une profonde souffrance, et comme devant une réalité sacrée, son âme est bouleversée.

En quelques pas, il la rejoint. De ses deux mains il se saisit des siennes et se penche jusqu'à ce que son front touche celui de la belle jeune femme. C'est leur manière secrète de se saluer. Un geste d'intimité doux et réservé.

— Comment vas-tu, murmure-t-il.

Ruth ne répond pas. D'ailleurs, ce n'est pas une vraie question, quelques mots anodins pour rompre le silence.

— Viens asseyons-nous, ajoute-t-il en l'entraînant vers le banc dissimulé dans un beau rosier.

Ruth a imaginé mille façons de débuter la conversation mais elle ne sait que dire :

— Je suis heureuse que tu sois là.

Jalal laisse tomber d'une voix morne :

— Il est dommage que les temps ne soient pas favorables.

Une remarque qui intrigue Ruth.

— Qu'y a-t-il ?

— N'es-tu pas au courant du procès qui agite Bagdad ? Tout le monde ne parle que de cela.

Elle prend une grande inspiration.

— Je suis au courant, bien sûr. Qui peut ignorer ce procès. L'affaire a largement passé les limites de la ville. On entend partout parler de guerre et de sainteté... Même ceux de ma communauté le commentent. Mais je suis surprise. Je ne pensais pas que toi, que j'ai connu intéressé par bien d'autres sujets, tu y accorderais de l'importance.

Comme s'il se sentait pris en faute, Jalal s'incline doucement vers Ruth :

— Je sais que je me suis conduit, l'année dernière, de façon inacceptable, ce qui t'a contrainte à t'éloigner... Je hantais tes rues comme un désespéré. Les miens me reprochaient ma servitude. Les gens riaient de mon égarement. On me montrait du doigt. Je ne comprenais pas. Le soleil s'offusque-t-il que les fleurs s'épanouissent quand ses rayons les touchent ? Toi, tu ne disais rien.

Il veut poursuivre mais au souvenir de ses paroles et de ses actes, il ressent une profonde détresse. Il se fait néanmoins violence :

— Je ne jouais pas, crois-moi. Je ne pouvais me contenir. Je regrette aujourd'hui de t'avoir ainsi importunée. Je n'ai compris que bien plus tard combien j'avais été pénible, et le mal que j'avais pu te faire.

A ce point, il hésite, cherchant ses mots.

— Maintenant, je vais mieux. Tu n'as plus à craindre mes assiduités.

Tout le corps de Ruth se tend brusquement, sans qu'il y prenne garde.

— Tu m'as fait découvrir l'amour, Ruth. Tout ce qu'il recèle de violence et d'arrachement. Celui que je te témoignais était, hélas, désordonné. Il te persécutait.

— Ne dis pas cela.

— Je ne veux plus que tu souffres à cause de moi. Je veux que tu sois heureuse. Ah ! Te savoir riante emplirait toute ma vie. Et ce sera ainsi. Tu es faite pour le bonheur. Jamais je ne t'empêcherai d'y goûter. Je ne serai jamais plus un poids pour toi dans l'avenir. Je t'ai demandé de venir pour te dire... C'est difficile ! Enfin, pour te dire que je ne chercherai plus à te revoir. Jamais !

— Jalal, que dis-tu !

— Il le faut, Ruth. C'est un sacrifice auquel j'ai déjà consenti. Mais je ne t'oublierai pas. Tu es celle qui m'a appris l'amour. Celle que mon cœur choiera à jamais.

A ce moment, des hommes et des femmes apparaissent. Ils viennent chercher quelque fraîcheur dans le jardin à cette heure du jour. Leur intimité est rompue. Ruth ne peut plus se livrer, et Jalal s'enferme dans le mutisme. Elle se lève lentement. A l'expression de son visage on peut mesurer la déception que suscitent en elle leurs retrouvailles. Elle ne parvient pas à lui dire que son père a décidé de quitter définitivement Bagdad pour Al Andalous, dans quelques heures. Ils s'engagent parmi les promeneurs, dans les allées, et se séparent à la porte du jardin sans échanger un mot.

Le soleil haut dans le ciel dissipe les brumes grisâtres du matin. Dans le quartier, tout semble calme, mais nul ne se laisse tromper par l'apparente quiétude. Les gens s'épient. On attend l'ultime dénouement, on attend que commence le supplice.

Jalal chemine tête baissée, le cœur encore meurtri. Il vient de repousser Ruth. Il a agi comme il convient, selon ce que lui dicte la raison. Il l'a fait parce que Nathan, son ami d'enfance, l'aîné de Ruth, lui a demandé de s'écarter d'elle. Mais tout lui dit que c'est une erreur. Il vacille. Parfois, comme en cet instant, Bagdad l'oppresse et il rêve alors à la solitude des déserts. A ces espaces illimités où, entre ciel et terre, l'on se sent libre et fort. Parfois, comme en cet instant, il ressent l'irrésistible désir de s'y réfugier. Tout à coup, un inconnu se plante devant lui.

— Que faisais-tu tout à l'heure du côté des grands bains de Tristazîyîn, dans ces rues juives ? Ne sais-tu pas ce qu'enseigne le Coran ? “Vous qui croyez, ne prenez pas les juifs et les chrétiens comme alliés, vous deviendrez des leurs.”

Ce n'est pas la première fois qu'il est en butte à de telles réflexions. Le fait qu'il ait habité dans les rues juives, qu'il y ait grandi et se soit lié d'amitié avec les enfants juifs de son quartier y est pour quelque chose. Mais désormais, il ne verrait plus Ruth. Il n'aurait plus à affronter, pour elle, ceux qui lui reprochent de s'intéresser à une juive, ceux qui lui rappellent à tout propos la trahison des tribus juives à Médine, et auxquels il est las d'objecter qu'elles n'ont trahi personne, qu'elles se sont au contraire montrées accueillantes pour le Prophète. Il n'aurait plus à s'opposer, pour elle, aux remontrances de ceux qui prétendent que les juifs ont manipulé l'Ecriture pour faire disparaître l'annonce de la venue de Mohammed, et auxquels il objecte chaque fois la commune filiation abrahamique, le cycle des prophéties ou, plus simplement, le statut d'hôtes protégés, dhimmis*, que les cadis** compétents de la communauté leur ont accordé. Non, il ne verrait plus Ruth, et plus personne ne lui en parlerait !

~

Tout ce qu'Eléazar, le père de Ruth, peut emporter est emballé et rangé dans la cale du bateau. Assis sur une grosse balle de tissu, il observe les siens. Rachel, son épouse, que ce départ effondre, Ruth et Esther, ses deux filles. Elles se tiennent sur le quai, devant l'embarcadère. Elles attendent Nathan, leur frère aîné. Lorsque celui-ci arrivera, ils pourront

* Dans la loi coranique, statut des non-musulmans intégrés à la société musulmane, qui bénéficient de la liberté de culte, en contrepartie de droits plus restreints que les musulmans.

** Magistrat musulman qui statue dans les affaires civiles et religieuses.

alors embarquer vers Al-Andalus. Certains de ses amis, Moshe, Yoannan, Néhémiah, sont déjà partis. On prétend que là-bas leur communauté est dynamique et que leurs écoles ont besoin de maîtres.

En un geste nostalgique, il plonge sa main dans le fleuve. Le Tigre l'apaise, il aime voir couler ce don inestimable qui fait de sa cité une oasis fleurie. Et son esprit erre parmi les ruelles de cette ville qu'il va quitter. Bagdad s'est vidé. Le procès qui l'a occupé depuis plus de six ans est arrivé à son terme. Tandis qu'il se trouve au port, une exécution se prépare sur la place de la 'Abbâsîya. Peut-être même a-t-elle commencé. Cette querelle, propre aux musulmans, à laquelle il n'entend rien, ne le concerne pas ; il y songe pourtant avec une profonde tristesse ; il ne peut se réjouir de la mort d'un homme, fût-il un négateur du Saint – béni soit-il. Mais surtout, voilà qu'il quitte, dans une horrible effervescence, la ville où il a vécu heureux.

A cet instant, Ruth se détache du groupe et s'en va vers l'entrée des entrepôts. Elle semble de tous la plus émue. Eléazar ne l'a jamais dit à quiconque, mais elle est sa préférée. Nathan a toujours été un peu rude et, depuis qu'il est entré à l'académie, il est devenu distant. Esther est gentille, mais encore jeune et par trop fascinée par son grand frère. Ruth, elle, répond aux vœux de son cœur. Et il a bien senti, quand il a parlé de départ, que celui de sa fille s'était brisé. Mais qu'y faire ? Il n'y a plus d'avenir pour les siens à Bagdad. Tout le monde part pour les terres d'Occident où, dit-on, la communauté prospère. Nathan les a poussés au départ, et Eléazar y a consenti. Pour tous, mais pour Ruth en particulier. Oh, il n'est pas dupe. Il sait l'attachement plus qu'amical de sa fille pour ce jeune garçon musulman, ce Jalal qu'il a vu grandir. C'est pourtant sans espoir. Il ne peut en résulter que des souffrances. N'a-t-il pas dû l'éloigner une première fois, quand cette passion était devenue par trop visible ? Ruth n'ignore pas que cette relation ne saurait aboutir. Elle est juive, Jalal musulman. Il n'est guère besoin d'être prophète pour savoir que si elle devait l'aimer, elle en serait profondément malheureuse, et devrait renoncer, pour le reste de sa vie, à sa famille, son passé, la tradition de ses pères. Il connaît suffisamment sa fille pour savoir qu'elle ne pourrait le supporter. Alors, il a tranché.

~

Ruth sent une légère brise, chargée d'humidité, caresser son visage et elle songe au fleuve qui va l'emporter. Au bout des entrepôts, elle peut entrevoir la grande place du marché ouvert. D'ordinaire, à cette heure du jour, il y a foule. Les gens s'y pressent à cause du pont. C'est le seul lien entre les deux rives et il est perpétuellement encombré d'hommes et d'animaux. C'est là que Jalal rencontre ses amis, là qu'il traîne le plus souvent, et qu'on le trouve quand on le cherche. Mais c'est le jour de l'exécution, le marché et le pont sont vides. Tous les Bagdadis sont agglutinés sur la place de la 'Abbâsîya, comme Jalal, qui, au milieu de la foule, est revenu assister à l'exécution.

A ce moment même, le supplice a commencé. La sentence lue, la flagellation débute. Elle dure, interminable, scandée par les rumeurs de la foule. Combien de coups ? On ne saurait le dire. De sa place, Jalal n'aperçoit, au loin, que des personnages minuscules, comme des pantins articulés. Il y a quelque chose d'atroce, d'inhumain à voir ce corps se tordre sous les coups sans qu'il ne puisse rien faire, pas même l'aider par un regard de compassion. Autour de lui la foule gronde. A ceux qui accablent Hallaj, répondent ceux qui le défendent. Parmi eux, certains attendent le miracle, ils attendent qu'Allah sauve Son témoin, d'autres prétendent que le miracle a déjà eu lieu. Que ce n'est pas Hallaj que l'on voit sur l'estrade, que ce n'est pas lui qui endure le fouet. La tension est palpable. Soudain, des cris éclatent. Les partisans du négateur mettent le feu à la ville ! Et, aussitôt, des hommes en armes se précipitent dans les ruelles attenantes, à leur poursuite.

Pendant ce temps, la barque qui emmène la famille de Ruth s'éloigne des rives sans même que Jalal le sache. Tandis que la place est en proie à l'agitation, sur la barque, le silence règne.

Bagdad est en train de disparaître, au-delà des méandres du Tigre. La plaine infinie commence à s'imposer. Quelques maigres hameaux, tout entier dédiés aux bateliers, s'accrochent encore aux rives du fleuve comme pour indiquer que plus haut, en amont, se dresse une ville étincelante, immense et populeuse, une cité de drames et de poésies, de puissance et de malheur à nulle autre pareille. Tout à coup, Ruth remarque un mince filet de fumée qui s'élève, là-bas. Des maisons brûlent-elles à Bagdad ? Elle se pose la question et l'oublie aussitôt. Que lui importe Bagdad à présent ? Elle n'a pas ouvert son cœur à Jalal et maintenant, tout lui est indifférent. Ce voyage, cette terre nouvelle, et Nathan avec toutes ses certitudes… Tout, même l'Eternel, dont son frère a vanté la puissance, la veille, lors du nissouïn* de leur cousine, lui paraît terne comme sa vie à venir.

~

* Noces, cérémonie du mariage juif.

En ville, l'alerte n'a été que passagère. Tout est rentré dans l'ordre. L'émeute n'a pas fait long feu. Mais le supplice a pris un tour sanglant des plus répugnants. Après la flagellation, le bourreau a coupé les pieds et les mains de Hallaj, puis on l'a hissé sur le gibet et exposé, sanguinolent, sur une sorte de croix, à la vue de la foule qui peut s'en repaître sans réserve. Si éloigné qu'il soit, Jalal a pourtant le sentiment que le supplicié est toujours en vie.

C'est alors qu'il a ce raisonnement sur lequel pèse le corps de douleur dont son regard ne peut se détacher. Le vrai martyre, se dit-il, n'est-ce pas de témoigner de la vérité, d'affirmer Dieu quand Celui-ci se retire ? Le vrai djihad* n'est-ce pas justement cela ? Puisque Dieu soutient l'homme à chaque instant qu'Il crée, si l'homme meurt, c'est qu'Il a retiré son *fiat***. C'est donc à l'instant suprême, quand Dieu se retire entièrement, que celui qui s'est engagé dans le djihad devient le vrai témoin. Avant, il n'était que dans l'observance et la crainte. A présent, il est dans le témoignage et l'amour. Jalal, lui aussi, veut s'unir à l'unicité de l'Unique ! C'est le plus haut achèvement, qui place le saint au-dessus du prophète. Le prophète écoute la voix venue du dehors, mais le saint profère celle qui est au-dedans de lui, celui qui aime parle avec les mots de l'aimée qu'il porte en sa poitrine.

Ceux qui défendent la communauté contre Allah Le trahissent. La foule qui est là, prête à exulter au cri de *Allah akbar* Le trahit. Le calife, l'émir des

* Action de prosélytisme menée par un musulman pour la conversion des fidèles d'autres cultes, pouvant aller jusqu'à l'affrontement armé.

** "Qu'il soit fait." Allusion au *Fiat lux* de la Genèse : création de la lumière par Dieu. Par extension, création divine.

croyants, le vizir, les canonistes Le trahissent ! Ceux qui sont attachés à la lettre de la Loi Le trahissent. Et, Nathan, avec sa Torah, est comme eux.

Il faudra qu'il le dise à Ruth, et à Nathan. Il faudra qu'il leur explique que le Coran et leur Torah sont dépassés par l'amour. Et combien Nathan a tort de s'entêter dans ses principes, de prétendre que l'amour s'accomplit dans la crainte. Car celui qui aime exige tandis que celui qui craint accepte. Ne sait-il pas que celui qui sert dans la crainte désertera dès que l'occasion lui en sera donnée, alors que celui qui sert par amour ne rompra jamais les rangs ? L'amour vrai, au contraire, est sans bornes. Aucune loi, de quelque Livre, ne le contient. Aucun commandement ne peut l'enfermer.

Nathan se réfugie dans la crainte et la loi. Jalal ne le suivra pas dans cette voie. Il n'asséchera pas, comme lui, son cœur. Il a affirmé à Ruth qu'il ne la reverrait plus et a immédiatement regretté son mouvement impulsif, mais il n'a pas osé revenir vers elle. Il ne peut pas l'effacer ainsi de sa vie. A présent, il est décidé. Demain, il la reverra. Oui, demain… Il a tant de choses à lui dire, encore ! Il quitte la place et le supplice avant la fin. Ecœuré, mais le cœur léger à l'idée de revoir Ruth dès l'aube, au plus tard à midi.

~

Tu es partie !
Sans m'en avertir. Tu m'as quitté.
Partie, pour mon malheur.
En vain, je t'ai cherchée, et
Comme un voyageur trouve un camp déserté
Et s'en va seul, errer dans le désert

Criant et déplorant sa solitude, j'étais perdu,
Abandonné, sans orient.
Je t'ai cherchée, rongé d'angoisse.
Je ne t'ai pas trouvée.
Tu peux fuir à l'autre bout du désert,
Dans ma quête, j'épuiserai ma monture
Même la mort est impuissante
Je le sais bien, qui la porte en mon sein.
Elle m'enserre de ses rets, m'étouffe
Mon désir encore la tient en échec, mais jusqu'à quand ?

CORDOUE

Cordoue, 1264.
Les catholiques espagnols achèvent leur Reconquête. Les musulmans fuient et refluent en masse vers l'Orient. Tandis que dans les cercles religieux de la communauté juive apparaît une nouvelle voie : la Kabbale.

Le caravansérail a perdu de sa puissance, il est désormais un lieu où les nouvelles autorités chrétiennes de la ville consignent les pèlerins juifs et les musulmans. Cordoue elle-même, l'ancienne cité prospère, n'a plus rien de sa splendeur passée. Un grand mur d'enceinte, sept portes, une médina labyrinthique. Mais les palais sont effondrés et les fastes ont disparu.

Il règne dans ces lieux une odeur âcre. Ce qui était autrefois une halte animée et joyeuse est aujourd'hui envahie de relents putrides où se mêlent le malheur et les déjections, la peur aussi. En certains endroits, le jour lui-même ne pénètre qu'avec répulsion et quand, parfois, une lueur blafarde s'insinue, ce n'est que pour accentuer la profonde misère de tous ces corps prostrés, effondrés sur eux-mêmes, que les chrétiens ont poussés dans ces cellules mangées de ténèbres. Ce ne sont plus des ballots de marchandises mais des hommes et des femmes, en groupes épars, juifs et musulmans, qui sont entassés là pour la nuit, sans distinction. Ils se pressent dans les chambres surpeuplées aussi bien que dans les resserres qui servaient de magasin au temps du commerce florissant ; ils occupent même tout l'espace de la cour au point qu'on y circule à grand-peine.

Une silhouette se détache dans la pénombre des arcades. C'est un homme de taille moyenne à la démarche souple. Il semble chercher quelque chose ou quelqu'un, gêné par l'obscurité qui descend lentement ; c'est la tombée du jour et l'on n'a pas encore allumé les torches. Il s'arrête près des groupes, un instant immobile, puis repart. Dans cet espace, encombré de corps et de balluchons, il heurte une jeune fille, errant comme lui, au milieu des hommes et des bêtes.

Elle s'écarte d'un pas léger et, dans la lueur crépusculaire, il peut apercevoir un visage familier, où flotte une expression de surprise. Il bredouille quelques excuses, sincèrement confus, et ajoute :

— Je suis à la recherche de mes deux compagnons. Nous venons de Guadalajara, dans le Nord. C'est notre rav* qui nous a envoyés ici.

La jeune fille le considère sans comprendre.

— Cela veut dire notre "maître". C'est un mot hébreu. Les choses bougent dans notre communauté. Nous nous attendons à de grands bouleversements.

Pourquoi a-t-il dit cela, il l'ignore. Le choc des grilles que l'on ferme résonne dans tout le bâtiment.

La jeune fille sursaute, visiblement inquiète.

— Que se passe-t-il ? Pourquoi vient-on de fermer les grilles ? Sommes-nous prisonniers ?

— En quelque sorte. Les chrétiens nous parquent ici pour la nuit. Mais, sois tranquille, au matin ils rouvriront les grilles.

— Ils n'en ont pas le droit. Regarde tous ces malheureux.

— Ce sont eux les maîtres désormais. Ils font ce qui leur plaît. Et puis, ils ne veulent pas de

* *Rabbi*, *rabb* ou *rav* : dans la religion juive, docteur de la Loi, maître.

nous dans les rues, la nuit venue. Aujourd'hui ils nous parquent, demain... Je ne sais pas ce qu'ils feront demain. Mais, pour ce soir, ils nous laisseront tranquilles. Profitons de ce moment de répit.

D'un mouvement inattendu, la jeune fille traverse la cour jusqu'à la grille qu'elle trouve scellée. Le garçon, quelque peu surpris, la suit sans réfléchir.

— Que t'arrive-t-il ?

— C'est la vieille femme qui m'accompagnait, Rabi'a... On a été séparées en arrivant et, depuis, je ne parviens pas à la retrouver. Elle est peut-être restée à l'extérieur. Que va-t-il advenir d'elle ?

— Ne t'inquiète pas. Elle est certainement ici, tout comme mes compagnons. Et si elle n'a pas d'endroit où se loger pour la nuit, les chrétiens la trouveront et la ramèneront au caravansérail. Il arrive parfois que la grille s'ouvre durant la nuit pour faire entrer des voyageurs.

Un étrange silence s'installe entre les deux jeunes gens. On peut entendre la sourde rumeur de la nuit, traversée de temps à autre par le ronflement de ceux qui s'assoupissent. L'un d'entre eux se lève soudain pour aller se coller aux barreaux, d'un air désespéré.

— De l'eau, se met-il à geindre, de l'eau...

Il réitère sa demande comme une litanie. Mais personne ne se montre, sa voix faiblit et, par dépit aussi bien que par lassitude, il rejoint sa place au milieu des protestations de tous ceux qu'il dérange.

La jeune fille, inquiète, se tourne vers le garçon.

— Il n'y a pas d'eau ici ?

— Non, et on ne mange que ce qu'on a apporté avec soi.

— Cela importe moins, je n'ai nullement faim. J'ai peur pour Rabi'a.

D'un geste délicat le garçon l'engage à le suivre.

— Unissons nos efforts pour retrouver nos compagnons, faisons le tour pour trouver la vieille femme que tu cherches puis mes amis.

Elle ouvre de grands yeux désolés.

— Comment y arriver, l'endroit est vaste.

— Je te guiderai. Je connais ces lieux. C'est ma quatrième nuit.

Il hoche la tête.

— Commençons par la cour. C'est là que l'on place les derniers arrivants. Ensuite nous irons visiter les magasins et, si l'on ne trouve rien, nous monterons à l'étage. Parfois une âme charitable accueille les personnes faibles, les vieillards ou les enfants, dans l'une des chambres du haut. Certains sont là depuis deux semaines, tu sais, ils ont eu le temps de s'installer. Mais on ne peut guère rester plus longtemps. Les chrétiens viennent régulièrement vider les lieux.

Lentement, ils se fraient un chemin entre les corps allongés, essayant d'observer les dormeurs à la clarté de la lune montante. Mais la cour n'est qu'une masse sombre.

— Les chrétiens vont bientôt allumer les torches, nous y verrons mieux alors.

Puis il ajoute, à voix basse pour ne déranger personne :

— Je me nomme Moshé et… je n'avais jusqu'ici jamais eu l'occasion de parler à une musulmane.

— Ni moi à un juif.

— Quel est ton nom ? D'où viens-tu ?

— Je me nomme Saddiyda, j'arrive de Murcie.

— Tu es venue seule de Murcie ? Je ne peux imaginer qu'une femme ait pu traverser le pays sans escorte, avec les bandes de pillards qui le sillonnent !

Quand la jeune fille s'apprête à répondre, un garde, qu'elle n'a pas vu entrer, entreprend d'allumer les torches suspendues aux colonnes.

— Ça leur permet de mieux nous surveiller, lui souffle Moshé.

Puis, d'une voix plus claire :

— Alors, tu es venue seule ?

Saddiyda ne peut s'empêcher de sourire.

— Quelle idée ! On ne m'aurait jamais laissée aller. J'ai voyagé avec un petit groupe de pèlerins, composé de Rabi'a et trois hommes. Deux d'entre eux, un certain Sayyid Ata et un autre, Abu ibn Gubbai, m'ont déplu au premier coup d'œil. C'étaient d'anciens marchands, nostalgiques du passé. Une fois ou deux, ils ont insinué que la vieille Rabi'a les ralentissait et qu'il valait mieux l'abandonner en route. Heureusement qu'il y avait Husayn Abd Allah, même s'il donnait l'impression d'être perdu dans une prière perpétuelle. Enfin, nous avions besoin des deux marchands à cause de la révolte des mudéjars*, qui rend les routes dangereuses.

La lumière tremblotante des torches disposées sur la façade adjacente des colonnes éclaire maintenant aussi bien la cour que les galeries.

— Vois-tu la vieille femme ?

Saddiyda observe attentivement puis secoue la tête.

— Elle n'est pas là.

— Allons voir les dépôts. Mais dis-moi tu parlais d'un pèlerinage ? Fais-tu partie d'une confrérie ?

— Je l'envisage. Je me trouve ici pour rendre hommage à la shaykha** Fatima de Cordoue d'heureuse mémoire, dont on va célébrer le souvenir.

* Musulmans d'Espagne devenus sujets des chrétiens après la Reconquête.

** Mot arabe : maître, sage, homme ou femme, respecté(e) pour son grand âge ou ses connaissances.

Avant qu'elle n'ait le temps d'en dire davantage, il lui attrape le bras.

— Prends garde. Dans ces galeries étroites, les gens sont plus resserrés, mais ils les préfèrent à la cour où ils se sentent trop exposés. Pour ma part, je dors dans les escaliers.

Après avoir jeté un œil dans la première resserre, Saddiyda reprend la conversation. Parler la rassure. Elle se sent encore humaine. Et le garçon qu'elle vient de rencontrer, fût-il juif, l'intrigue. Si elle l'osait, elle dirait qu'il ne lui déplaît pas.

— A Murcie, d'où je viens, il m'arrivait parfois de traverser des moments d'intense agitation. La nourriture n'avait plus aucun goût et je tombais dans une langueur que je n'expliquais pas, une faiblesse qui me saisissait et me forçait à garder le lit. En ces journées de trouble passion intérieure, je ne réussissais pas à trouver le sommeil. Mais j'avais beau rester les yeux ouverts la nuit entière à m'interroger, je ne parvenais pas à savoir pour quoi ou pour qui je souffrais ainsi. J'étais simplement ébranlée par un pressentiment. Cela m'était extrêmement pénible. Je redoutais ces moments qui pouvaient durer plusieurs jours. Mes sœurs se moquaient de moi, elles disaient que j'étais amoureuse d'un rêve. A mesure que les années passaient, je craignais de devenir folle. Puis, un jour, j'ai découvert la courbe pure et nette de la vie des saints, leur amour pour l'Unique. Et j'ai compris que c'était cet amour, non quelque vague poussée de désir, qui creusait ma poitrine. J'ai alors décidé de m'engager sur la difficile voie que les saints ont tracée, renoncer à moi pour m'abandonner tout entière à Sa grâce, purifier et parfaire mon âme pour qu'Il y fasse sa demeure. J'ai suivi les recommandations du shaykh martyr de Bagdad : “Ce que veut l'extatique, c'est la solitude de l'Unique, seul avec Lui-même." Et de ce jour, je n'ai plus connu les langueurs.

Brusquement, Saddiyda s'écarte de la galerie pour retrouver la cour. Tous ces corps emmêlés, cet air lourd, ces odeurs épaisses l'oppressent. Après avoir pris une bouffée d'air, elle se tourne vers Moshé qui l'observe attentivement.

— Et toi, pour quelle raison es-tu là ?

L'homme lève la tête vers le ciel étoilé comme pour y chercher une inspiration.

— Moi ? Je m'apprêtais à rentrer chez moi après l'office du soir, le maariv*. Comme d'habitude, les mots du qaddich**, la prière qui scande les jours de ma communauté, bourdonnaient encore dans mon esprit. La nuit était venue, et le village de Guadalajara où je suis né, au nord de Madrid, somnolait. J'allais sortir de la synagogue, ce qui pour moi est toujours comme si je quittais le paradis. Je ne sais pas si tu peux comprendre cela. En tout cas, je suis chaque fois pris d'une certaine hésitation avant de replonger dans le monde. C'est à ce moment exact que la voix de mon vieux maître, le rav Elijah ha-Levi, m'a rattrapé : "Moshé, je voulais te parler. Tu dois préparer tes affaires. Tu pars demain à l'aube pour Cordoue." Je suis habitué à écouter mon rav et à lui obéir. Pour m'accompagner, il avait désigné deux de mes amis, Isaac Touvia et Menahem ben Jacob Sarouq, ce sont eux que je cherche.

— Oh ! J'avais oublié tes compagnons !

* Office religieux du soir dans la tradition juive.

** Prière de sanctification récitée à la fin de chaque partie de l'office.

— Ne t'inquiète pas. Pensons d'abord à Rabi'a. Ces deux-là, je ne me fais pas de souci pour eux, ils savent se débrouiller.

Saddiyda incline la tête en signe d'assentiment. Elle ne voit, autour d'elle, que les murs épais du caravansérail. En temps ordinaire, il doit naître de cette vision un sentiment de sécurité. Mais, cette nuit, c'est plutôt la captivité qui s'impose. Et puis, quelle importance de voir ce qui se trouve au-delà, puisqu'à présent tout est aux mains des chrétiens.

Moshé a lui aussi envie de parler, il a le sentiment que les bouleversements auxquels il assiste annoncent des changements bien plus profonds dont sa communauté sera le témoin privilégié.

— Nous sommes partis, tous trois, dans la brume du petit matin en direction des lacs. Chez moi, on appelle cette région la mer de Castille. Quand on est sur la route, on peut voir, de temps à autre, scintiller leurs eaux. Un peu plus tard, nous avons longé leurs berges avant d'obliquer vers l'ouest. Ici et là, nous avons traversé des champs en friche. Je ne t'apprendrai pas combien les temps sont troubles et propices aux migrations. Mais ce que tu ignores peut-être c'est que nombre de paysans chrétiens sont allés vers le sud occuper les nouvelles terres conquises sur les vôtres, ici.

Comme si ces derniers mots l'avaient ramené à la situation présente, il appelle Saddiyda.

— Allons, viens. Nous avons encore l'aile ouest à visiter. Et si nous ne trouvons personne, nous monterons à l'étage.

En enjambant un dormeur recroquevillé sur lui-même, la jeune fille demande :

— Pourquoi ton maître t'a-t-il envoyé ici ?

— Beaucoup de choses se disent, ces derniers temps, dans la communauté. Certains parlent du retour. Je ne suis pas convaincu de leurs calculs, mais mon rav voulait que je prenne contact avec la synagogue de Cordoue. Il y a, paraît-il, un sage qui possède des lumières et qu'il m'envoie consulter sur des points d'interprétation. Je n'ai pas encore pu le rencontrer, j'ai d'abord arpenté la grand-rue, sillonné l'esplanade de la Musalla et les rives du Guadalquivir. Mais j'espère que demain ce sera enfin possible.

— Alors ton rav est un peu comme Rabi'a, en contact avec l'Esprit de prophétie ?

— Je ne sais, peut-être...

Saddiyda s'arrête au milieu de la galerie devant la porte ouverte d'une réserve bondée comme les autres.

— Nous allons tous les déranger, fait-elle en désignant les dormeurs.

Moshé hausse les épaules.

— Je ne crois pas. Nous ne sommes pas les seuls à errer, regarde tous ceux que nous avons croisés.

— Oui, elle baisse encore la voix, mais ceux-là ne parlent pas.

— Va, ne t'inquiète pas. Si vraiment nous dérangeons quelqu'un, on nous le fera savoir. Parle-moi plutôt de ton pèlerinage.

A demi convaincue, Saddiyda poursuit :

— Je suis venue pour rencontrer le shaykh Mohammed ibn Raqqî, disciple du shaykh Sadrodîn Qonyawî, lui-même disciple d'Abû Bakr Mohammed ibn al-'Arabî. Le shaykh vit dans les environs d'Alep, où il a installé sa communauté, et c'est une visite inespérée que la sienne, après le départ, l'exode presque, de tous les grands maîtres.

Moshé, qui la précède, se tourne vers elle.

— Qui sont ces gens dont tu parles ?

— N'as-tu donc jamais entendu parler d'eux ? J'en suis fort surprise, la puissance de leur pensée a pourtant essaimé bien au-delà de Murcie. C'est là qu'est né Ibn 'Arabî, il y a longtemps déjà. Les littéralistes s'élevaient violemment contre ses positions et les modérés le jugeaient hétérodoxe. Je pourrais te raconter comment le maître s'est converti à la Voie en voyant le prince Abû Bakr Ben Yusuf ibn Abd al-Mu'min se prosterner dans la Grande Mosquée de Cordoue, preuve que le monde d'en bas n'est rien. Comment il a été initié à la Voie par des visions de Jésus. Comment il a ensuite parcouru Al-Andalus pour y rencontrer tous les saints de cette terre. Comment il a décidé, un jour, d'abandonner sa terre natale pour entreprendre son retour vers l'Orient. Comment, enfin, il a toujours proclamé l'union à l'Un. Mais ce serait si long ! Il nous faudrait plus que la nuit.

Arrivés au pied d'un escalier sombre, ils entrevoient des dormeurs appuyés sur leurs balluchons. Moshé, conscient que les chances de retrouver la vieille Rabi'a s'amenuisent, tente de rassurer Saddiyda.

— Il nous reste encore tout l'étage. Je suis sûr qu'elle se trouve là-haut… Tu as dit, tout à l'heure, que tu pensais entrer dans une confrérie. Avez-vous, comme les chrétiens, des femmes consacrées, qui…

Elle le coupe en l'incitant gentiment à monter les marches.

— Il y a beaucoup de saintes femmes chez nous, c'est juste. Des volumes entiers ne suffiraient pas à rendre compte de leur vie, tant elles ont été nombreuses, ici à Cordoue. Rabi'a est l'une des dernières d'ailleurs…

— Nous n'avons rien de tel, chez nous. C'est dans le mariage que la femme accomplit l'union avec le Créateur. Il est dit, en effet, dans le Livre du Commencement, que l'homme et la femme ne feront qu'un. On raconte que les âmes sont présentes par couple dans le sein du Nom et que, lorsque l'homme vient à naître, sa partenaire féminine naît aussi pour que, la retrouvant, ils ne fassent à nouveau qu'un sous le soleil. Je ne sais pas s'il en est ainsi, en tout cas rabbi Aba précisait que seul l'homme qui en est digne et dont les actions sont droites pourra être uni à sa compagne.

— Le mariage ? l'interrompt Saddiyda, à mon avis, ce n'est pas le mariage qui accomplit cela, c'est l'amour véritable.

Moshé, arrivé en haut de l'escalier, tend la main pour aider la jeune fille à enjamber un amas de sacs.

— L'amour ? C'est une passion du cœur, un état subi…

— Nos maîtres enseignent qu'il faut dépasser la passion, l'amour naturel, le transformer en amour spirituel, non plus aimer pour soi mais aimer pour l'autre, se mettre à son service, ne chercher que sa satisfaction. Quand nous aimons un être, c'est Allah en lui que nous aimons. Ils disent que par lui, en lui, nous vient l'Aimé et le Seigneur que nous servirons en fidèles. Alors nous ne serons plus séparés et l'amour que nous portons à l'autre sera Son amour. Voilà ce que disent nos maîtres.

— Tu as tes maîtres, j'ai mes sages, reprend Moshé avec désinvolture, tout en jetant un coup d'œil dans la première chambre. L'un d'eux a dit que le moindre brin d'herbe avait un astre, en haut, qui le frappait et lui disait : Croîs ! Mais l'homme est bien plus qu'un brin d'herbe et c'est le Saint, béni soit-Il, qui le frappe avec Ses commandements. Selon eux, les commandements de la Torah sont des ligaments et, tous réunis, ils atteignent le secret de l'Un. Ce n'est qu'ainsi que l'Un est Un, non comme tu viens de le dire dans je ne sais quelle étreinte amoureuse.

Alors que Saddiyda veut argumenter à son tour, le bruit métallique d'une clef, puis le crissement d'une porte que l'on pousse résonnent dans l'enceinte du bâtiment. Elle lève la tête.

— Quelqu'un arrive. C'est Rabi'a ! J'en suis sûre.

Sans attendre, elle tourne les talons, et dévale l'escalier pour découvrir au bout de la cour trois ombres qui louvoient entre les corps sans beaucoup de ménagement.

Il y a deux gardes, aisément reconnaissables à leurs armes, et un homme, plus petit, difficile à identifier. Pas de Rabi'a cependant.

L'homme avance d'un pas, puis revient vers les gardes avec lesquels il échange quelques mots. L'un d'eux fait alors un mouvement de la tête dans la direction de la jeune fille.

Instinctivement, Saddiyda recule jusqu'à se retrouver contre Moshé. Son mouvement semble convaincre l'homme qui se dirige vers eux. Lorsqu'il est à leur hauteur, les jeunes gens découvrent un individu presque chauve et imberbe, vêtu d'une robe de bure avec une capuche.

— Je suis le frère Bartolomé.

Sa voix est sèche, peu affable. Moshé prend Saddiyda par les épaules, le moine remarque le geste et esquisse un sourire méprisant. Il fait un signe de la tête en direction des corps entassés.

— Je cherche des chrétiens dans cette engeance misérable. Les gardes sont incapables de me dire s'il y en a. L'un de vous peut-il m'aider ?

Les jeunes gens restent cois. Surpris par la demande, inquiets aussi. Leur silence a l'heur d'irriter le frère.

— Toi, la musulmane, tu ne sais pas ? Réponds, y a-t-il des chrétiens dans cette chienlit ?

Saddiyda répond avec difficulté.

— Non, je ne crois pas.

— Tu ne crois pas ou tu en es sûre ?

— Comment le serais-je ?

Le frère prend le temps de réfléchir, puis il s'incline vers la jeune femme.

— J'espère que tu ne mens pas !

Il approche encore plus son visage.

— Toi, les tiens, et votre idolâtrie n'êtes plus les maîtres. Tu comprends cela ? Nous allons vous expulser de notre terre.

Dans la pénombre, seuls ses yeux brillent.

Il fait mine de s'en aller lorsque, brusquement, il se retourne, en pointant l'index sur Moshé.

— Et toi, le juif ! Que fais-tu avec une musulmane ?

Moshé ne répond pas. Le frère hausse les épaules avant de s'écarter pour reprendre ses palabres avec les gardes.

— Remontons à l'étage, je préfère m'éloigner, dit Moshé.

— Ces chrétiens sont terrifiants. Même si ce sont des gens du Livre, je ne me sens rien de commun avec eux.

— N'as-tu pas rapproché tout à l'heure ton Ibn 'Arabî de leur Jésus ?

— Parce que Jésus est un prophète. Il y a des sourates dans le Coran… Mais je me sens plus proche de quelqu'un comme toi que de ces gens-là.

Moshé prend une profonde inspiration.

— Enfin, ce que le chrétien a remarqué n'est pas entièrement faux. Tu es musulmane et je suis juif. Nos confessions nous éloignent. Comment crois-tu qu'un amour véritable puisse exister entre nous ?

Sans s'en apercevoir Saddiyda élève la voix.

— Plus facilement que ce que tu appelles l'union par le mariage en tout cas, s'écrie-t-elle d'un ton vif, presque moqueur.

Moshé lui intime l'ordre de baisser le ton. Puis, sans aucune raison, il s'empare des mains de la jeune fille.

— Tu ne comprends pas. La passion sauvage et l'esprit solitaire ne peuvent rien accomplir. Ce sont les commandements de la Torah qui soutiennent le monde. La passion n'y a pas sa place. Le désir sépare et brise les sceaux. Le vrai désir naît des commandements comme une bénédiction dont ils sont les canaux. Comprends cela, l'union de l'homme et de la femme n'existe que par l'union du Saint, béni soit-Il, et de sa Chekhina*.

Sans songer à se détacher de l'étreinte de Moshé, Saddiyda bombe le torse.

— Que m'importe tout cela ? Nous pourrions, si nous le voulions, partir ensemble, et Le laisser décider.

Elle regarde le garçon d'un air de défi avant de poursuivre.

— Il fera alors de nous ce qui Lui plaira. Si nous partions ensemble, nous pourrions nous asseoir l'un en face de l'autre, je contemplerais ton visage, et ta beauté m'emporterait vers Lui. Voilà comment cela pourrait se passer.

— Tu joues avec moi. Tu parles comme si rien ne nous séparait. Crois-tu que la couche à laquelle tu songes sera de verdure fraîche, que les poutres de ta maison seront de cèdre et les chevrons de genévrier ? Crois-tu cela ?

— Je ne crois rien. Ce n'est qu'une image pour te convaincre de ton erreur.

En disant cela, Saddiyda se détache de Moshé et tente de regarder à l'intérieur d'une chambre. Mais celui-ci s'interpose. Alors, elle s'insurge.

* En hébreu, présence de Dieu parmi son peuple ou immanence divine dans le monde.

— N'as-tu pas commencé, en te moquant de moi ? Alors, je te réponds. Le Prophète a dit : “Ils trament une ruse, nous tramons une ruse, et Allah est le plus rusé des ruseurs.”

Moshé, quelque peu décontenancé, s'écarte.

— Les femmes, articule-t-il en reculant lentement, ont toujours corrompu le cœur des pieux. Salomon lui-même a été détourné de la voie par des femmes. Il a brisé les canaux et depuis la restauration tarde à venir parce que personne ne sait les réparer. Ecoute-toi parler. Tu t'exaltes, tu me défies, au point que tu en oublies la vieille femme que tu cherches.

Un sourire éclaire doucement le visage de la jeune fille.

— Là-bas. C'est Rabi'a qui dort dans le coin. Je l'ai trouvée. Tu m'accuses à tort. Je ne l'ai pas oubliée. Laisse-moi, maintenant. Je vais dormir ici, près d'elle, dans cette galerie.

Toujours incrédule, Moshé tente une dernière justification.

— Je suis désolé, tu penses à tort que je t'accuse. Tu te méprends sur mes intentions. Je voulais simplement dire…

Mais Saddiyda, déjà, le repousse de la main.

— Eloigne-toi. Nous avons trop parlé. Laisse-moi seule maintenant. Nous n'avons que quelques heures pour nous reposer.

La nuit s'estompe. Tout est aussi sombre qu'il y a une heure, mais une certaine humidité annonce un changement. Les dormeurs commencent à s'éveiller. La lumière des torches, plantées de loin en loin, meurt doucement. Un jour blafard et rampant pénètre, à présent, dans le caravansérail. Tout ce que la nuit a masqué, toute la misère et la désolation reprennent leurs droits.

A cet instant, des exclamations fusent au-dehors. "Rodrigo Esteban arrive !" Sur la butte, à l'entrée, une silhouette imposante se dessine à contre-jour. Soudain une agitation saisit les hommes et les femmes, les gardiens ouvrent la grille. Ils tiennent en main une feuille de papier. Ils commencent à appeler les noms qui sont inscrits sur cette liste. Puis les gardes s'écartent, pour laisser passer Esteban leur capitaine, et ses hommes qui franchissent la porte par petits groupes. Moshé avance à contre-courant dans la galerie en direction de Saddiyda. Il pense encore à leur discussion, il s'en veut de sa légèreté. Il en veut aussi à la jeune fille de l'avoir éconduit. Elle est là, au chevet de la vieille femme, cette Rabi'a qu'ils ont cherchée toute la nuit et dont il ne distingue pas le visage. Il hésite. Dans la nuit, tandis qu'ils étaient seuls, la frontière entre leurs peuples s'était estompée. Mais au petit jour, quand le monde se révèle tel qu'en lui-même, il comprend qu'un abîme les sépare. Sans doute la vieille femme ressemble-t-elle à son rav, comme la jeune fille lui ressemble en sa dévotion. Mais ces rapprochements ne valent que dans un autre monde. Dans ce bâtiment de pierre, sous la chaleur qui commence à poindre, ils n'ont pas leur place. Baissant la tête, il fait demi-tour comme à regret et disparaît parmi la foule.

Dans la cour, un garde s'époumone pour admonester les retardataires. Saddiyda, qui a peut-être senti la présence de Moshé mais n'a rien voulu en laisser paraître, pose délicatement la main sur Rabi'a.

— Allons, mère, lève-toi, nous devons partir.

ISTANBUL

Istanbul, 1666.
Dans la capitale florissante de l'Empire ottoman, le monde juif est en ébullition.
Un homme, du nom de Sabbataï Tsevi, se donne pour le Messie.
Une grande partie de la communauté est prise d'enthousiasme.
Une autre émet de profondes réserves.
Le phénomène atteint l'Europe entière.

Mon très cher cousin Kafihd,
Qu'Allah le très miséricordieux te garde,

C'est la nuit. Je profite des quelques instants de paix qui me sont enfin donnés pour t'écrire.

Je suis à présent à Istanbul. La ville est immense, comme tu l'avais imaginé. Elle mérite bien son statut de capitale impériale. Partout des maisons de bois, serrées les unes contre les autres, et qui s'étagent, sans fin, sur les collines. On dirait une forêt inextricable. Heureusement qu'il y a la mer, pour que passe le vent. J'ai dû traverser le Bosphore sur une pérame jusqu'au quartier de Galata. En arrivant, j'ai été frappé par la foule très dense sur l'embarcadère. Les rameurs m'ont dit qu'une partie de ces gens allaient à Stamboul, sur la rive opposée, tandis que les autres attendaient des nouvelles. J'étais d'humeur morose, je n'ai pas cherché à en savoir plus. Je me suis hâté vers le quartier de Péra, où m'attendait notre oncle puis j'ai passé les deux premiers jours à arpenter les rues de Galata pour nos affaires.

Je t'en donnerai plus de nouvelles bientôt, ne sois pas inquiet.

Si Allah le veut, je t'écrirai dans les jours qui viennent.

Naïm

Mon cousin,
Que le Compatissant guide tes pas,

Istanbul est tellement étendu qu'il me faudrait plusieurs jours pour le sillonner. Et puis, je vais devoir m'occuper des affaires de mon père. J'en remets la corvée tous les jours mais elle s'imposera bientôt.

J'ai visité la Mosquée bleue, à côté de l'hippodrome, celle de Yeni Valide, à Eminönü, l'ancienne ville fortifiée, en face de Galata. C'est vrai que leur architecture est admirable, pas suffisamment pourtant pour m'émouvoir. Je sais que ce sujet t'irrite, que tu n'aimes pas mon détachement, mes réticences vis-à-vis des questions de foi. Il faudra que nous parlions plus en détail de ce sujet, à condition qu'aucune autre aventure ne m'appelle.

Ensuite, je me suis rendu dans la cour du palais de Topkapı. Comme il est vaste ! Une ville dans la ville. Quatre cours. On s'y perd ! Si tu avais pu voir, comme moi, la foule de justiciables inquiets qui s'y presse ! Un poste de juge doit sûrement y être profitable. Je me demande s'il ne serait pas bon d'en nourrir l'ambition. Rien n'est impossible, même en venant de Raqqa. Puis, j'ai emprunté la longue promenade qui longe la Corne d'Or. Je respirais l'air salin. J'observais toutes ces voiles qui se croisent sur le vaste bras de mer. Magnifique ! La ville est dans mon dos, je l'oubliais presque. Je me surprenais à rêver de voyages. Parcourir tout l'empire de notre Mehmet. Et même au-delà. Que te dire de plus, sinon qu'enfin j'ai pu me reposer de l'agitation de la ville en jouissant de l'ombre des grands arbres, bienvenue en ces premiers jours de septembre.

C'est assez, je l'espère, pour satisfaire ta curiosité. Nous verrons bien ce que demain nous réservera de nouveau.

Avec l'aide d'Allah, je t'écrirai bientôt.

Naïm

Mon amie, ma sœur,
Il est l'Eternel, béni soit Son nom,

Tu me demandes de te tenir informée des événements. Je le ferai avec plaisir et par devoir aussi, car, d'après le contenu de ta dernière lettre, je constate que tu es assez mal avisée de la situation. Salomon ne te dit rien ou presque rien de ce qui se passe ici ! J'ai souvent pensé que sa manière de te traiter est assez méprisante. T'exiler à la campagne pendant que lui réside ici et fait ses affaires ! Tu sais bien que j'étais opposée à ce mariage arrangé ; un vieillard... Enfin, je l'ai toujours trouvé un peu mesquin, et il me semble avoir une vue singulièrement rétrécie du grand bouleversement qui est en marche !

Tu sais que celui que nous appelons le Messie, Sabbataï Tsevi, est arrivé à Izmir, après avoir visité Le Caire, Jérusalem, Alep, et d'autres villes. Les plus folles nouvelles se sont alors répandues dans la région, jusqu'à atteindre notre synagogue. Une attente inquiète commençait à croître parmi les nôtres.

On sut qu'il avait été arrêté par les autorités turques, mais très vite le cadi de la ville l'a relâché en lui faisant montre de tout le respect dû à un roi. Dès que nous avons appris sa libération, ce fut, je puis t'en parler, l'allégresse dans le quartier. Tous les signes sont réunis, disait-on, et l'on chantait dans les rues, et l'on dansait, car l'on tenait les temps messianiques pour déjà advenus.

C'est alors que le Messie a annoncé sa venue à Istanbul. Nous étions au début de l'année, au mois de février. Les prophéties se réalisaient les unes après les autres. Le dernier acte allait se jouer. Le Messie venait, père en est sûr, pour affirmer sa royauté et pour en dépouiller le sultan. Le jugement final est à portée de main. Tous les "croyants" attendaient fiévreusement son arrivée. Plus personne ne travaillait. On avait nettoyé les rues et décoré les maisons pour accueillir le roi. On attendait son prophète et son héraut, on attendait Nathan, on attendait des armées.

Seulement, celui que nous espérions n'est pas arrivé, les troupes turques du vizir ont arraisonné le Messie et l'ont conduit sous bonne garde dans un cachot. La désolation s'est abattue sur nous, suivie par la peur. Et un événement extraordinaire s'est produit. Le Messie n'a pas été exécuté. Béni soit le Très-Haut, les Turcs l'ont traité avec grand respect. Puis les autorités ont décidé de le déplacer dans la tour fortifiée de Gallipoli.

C'est là qu'il se trouve à présent. On dit qu'il y reçoit des pèlerins.

Voilà pour les nouvelles de notre communauté, mais j'aimerais m'entretenir avec toi d'une singulière rencontre que j'ai faite à l'embarcadère où nous venions tous les jours aux nouvelles. Un garçon étrange est passé devant moi. Etrange, comme le regard d'une intensité surprenante qu'il m'a adressé. J'en ai eu des frissons. Il ne s'est pas attardé. J'ai revu l'inconnu à l'entrée du petit souk le lendemain, en fin de matinée, à l'heure de la plus grande affluence. Puis à nouveau le jour suivant, et cette fois j'ai bien cru qu'il me suivait. Mais j'ai pu observer ce garçon à la dérobée et je puis dire sans hésitation qu'il ne fait pas partie de notre communauté. Je gagerais, à son allure et à quelques détails de son vêtement de voyageur, qu'il n'est pas non plus d'Istanbul. Si j'avais à lui donner une origine, je dirais la Syrie ou la Palestine.

Pourquoi mon cœur s'est-il accéléré ? Pourquoi ce regard s'est-il imprimé en moi de la sorte ? Crois-tu que ce soit un signe ?

Ta toujours très dévouée amie et sœur,

Judith

Mon cher Kafihd,
Qu'Allah te garde en Sa miséricorde,

Je te l'avais caché jusqu'ici pensant qu'il n'y avait pas là de quoi s'attarder, mais je veux désormais te le dire. J'ai rencontré à mon arrivée à Istanbul une femme, une beauté prodigieuse croisée dans le grand souk et j'en ai aujourd'hui la confirmation. Ma belle inconnue est juive. J'imagine sans peine tes récriminations et je les préviens. C'est une aubaine supplémentaire ! Si j'osais, je dirais qu'Allah me fait une grâce et j'irais immédiatement verser la dîme.

Cependant, il paraît que la communauté juive est en ébullition à cause de je ne sais quel prophète. En tout cas, il y a eu des arrestations et l'administration tient les juifs à l'œil.

Malheureusement, j'ai dû passer les jours suivants dans les officines et les tribunaux, occupé à rencontrer des juges et des administrateurs de toutes sortes. Et pourquoi ? Parce que depuis l'affaire de ces petits propriétaires de Raqqa qui croyaient pouvoir profiter de la défaite d'Abaza Kara Hassan Pacha en portant plainte devant le diwân* contre

* Chez les Ottomans, gouvernement central siégeant sous la direction du sultan ou du grand vizir.

ses janissaires, on nous oblige désormais à toutes ces démarches procédurières. Disons aussi que c'est pour servir les intérêts de mon père.

J'ai hâte que notre affaire se réalise pour que je puisse être enfin indépendant. A ce sujet, Kafihd, essaie de faire patienter ton timariote*. Qu'il nous réserve encore un peu ses terres de la vallée de l'Oronte. Quelque chose me dit que la chance va à nouveau me sourire. J'ai confiance dans le hasard, il prendra soin de me remettre sur la route de la fortune et sur celle de ma belle. Et quand il se manifestera, il ne tiendra qu'à moi d'en tirer profit.

Si Allah le veut bien, je te donnerai de mes nouvelles bientôt.

Naïm

* Membre de l'armée ottomane, cavalerie, rémunéré par un *timar*, "fief".

Mon amie, ma sœur,

Il est l'Eternel, et il a envoyé Son Messie,

Ça y est ! Nous sommes à Gallipoli pour rencontrer le Messie. Je suis très excitée à cette idée et, en même temps, j'ai tellement peur de le rencontrer.

Le périple sur le caïque* a été très éprouvant, et j'aurais bien aimé prendre un peu de repos, mais je dois encore répondre à la curieuse lettre que tu m'as envoyée avant notre départ et à l'inquiétude sans fondement que tu manifestes au sujet du garçon dont je t'ai parlé.

Ah, si tu étais avec nous, ton regard serait autre, je te l'assure. La réalisation de la Promesse est à portée de main. Nous vivons dans l'attente et la joie. Depuis que la nouvelle nous a touchés, le monde s'est transformé. Il m'apparaît plus clair. Les orages se dissipent avec les craintes. Les Turcs, les chrétiens ne m'importunent plus comme autrefois. Ils sont devenus, à mes yeux, ce qu'ils ont toujours été sans doute, des créatures fourvoyées qui, bientôt, recevront la lumière.

Suis-je alors coupable d'accueillir avec bienveillance l'intérêt que ce garçon me porte, si jamais

* Terme d'origine turque, petit bateau de pêche à voile ou à rames.

il m'en porte. Tu diras qu'il n'est pas juif et que je n'ai rien à espérer. Mais je n'en espère rien. Je remarque en lui une lumière qui me parle des temps heureux qui s'annoncent.

Ton amie prévenante,

Judith

Mon cher cousin,
Qu'Allah miséricordieux et compatissant te garde,

Je peux te dire que ton désir de faire de moi un être moral me divertit, et particulièrement ton insistance au sujet de cette jeune juive.

Mais tu sais comme moi, mon cousin, que ce qui importe, c'est la conquête, c'est d'avoir toutes ces jeunes amoureuses entre nos mains. Les abandonner ensuite ? Elles n'avaient qu'à ne pas céder. Les crois-tu innocentes ? Supposons qu'elles l'aient été. Elles auraient succombé à une passion plus forte qu'elles. Seulement voilà, mon expérience n'a jamais été démentie jusqu'à présent : toutes cherchaient cette passion, toutes la voulaient ardemment. Tes maîtres religieux sont assez intelligents pour t'avertir qu'il y a toujours un temps, si bref soit-il, où l'on peut refuser ce qui se présente à soi. Celles qui se sont livrées à moi ont accepté leur destin.

Et toi-même, combien de fois t'ai-je observé tandis que tu marchandais pour le seul plaisir de voir s'incliner le vendeur, sans aucun intérêt pour l'objet que tu acquerrais.

Alors, de grâce, cesse de m'importuner. Cette fille-là n'est pas différente des autres. Mais si tu le veux, et pour ne pas te peiner, j'essaierai d'y mettre les formes. Je ne promets rien cependant. D'elle dépendra beaucoup, et je crains que son ardeur ne rende la tâche difficile.

Demain, j'embarque pour Gallipoli, furieux et frustré. Deux jours de perdus, au moins, pour ma belle inconnue. Mais le rendez-vous est pris depuis longtemps. Je dois voir l'armateur après-demain pour les raisons que tu sais.

En attendant de tes nouvelles, avec l'aide d'Allah,

Naïm

Mon amie,
Le Messie régnera au nom du Lieu,

C'est la nuit. L'auberge est calme, enfin silencieuse. Père dort près de moi dans la chambre de notre vieille logeuse. J'ai tiré ma chaise près du fenestron et je regarde le monde baigné dans la clarté lunaire. J'ai aussi allumé une petite lampe à huile pour écrire, mais j'ai baissé la mèche pour ne causer aucun dérangement.

Dans cette lettre, je veux d'abord te parler de la journée d'hier qui a été bien décevante. Je n'ai en effet pas pu voir le Messie, dont les visites étaient contrôlées par les geôliers turcs, habitués à délivrer leur laissez-passer moyennant une certaine somme. Et le Libérateur a attiré tant de monde que les tarifs du passe-droit sont devenus honteusement élevés.

Je suis donc retournée à l'auberge.

Je ne te cache pas que je pensais qu'ici, dans la proximité du Messie, tout serait éclatant. Seulement le doute et les discussions, par exemple sur ce nouveau prophète, un Polonais du nom de Néhémie, qui chercherait à contester la messianité de Sabbataï Tsevi, n'ont fait que s'amplifier. Je me demande si, de ton éloignement, tu n'as pas une vue plus claire de la situation. Ici, les évidences se brouillent.

Mais c'est surtout que j'ai rencontré celui que j'appelais l'inconnu, venu à Gallipoli pour affaires. Tout ton scepticisme devrait s'envoler, de telles coïncidences sont un signe. Il faut bien que quelque force ou destin ait tramé en secret le fil des événements pour qu'ils s'ajustent aussi bien. Il m'a dévoilé son nom, Naïm ! Nous avons eu une longue conversation le soir venu, quand tout le monde dormait, dans la salle basse de l'auberge.

Il ne ressemble en rien au portrait monstrueux que tu as imaginé, celui d'un séducteur qui n'aurait pour intention que de me détourner de l'Eternel. Il est d'une telle douceur que cela me fait mal d'y songer. Si je compare la manière dont vous me traitez, la sienne est sans commune mesure plus respectueuse. Auprès de lui, je me sens femme. Alors que tu me tiens, dans toutes tes lettres, pour une enfant. Quand tu prévois, pour moi, les pires noirceurs, sa pensée m'apporte de l'espérance. Tu le dis avide de possession, il s'est montré des plus désintéressés, attentif à ne me point blesser. Je n'aurais jamais cru cela possible. Suis-je mauvaise, dis-moi, après avoir presque touché le Libérateur, de penser ainsi à celui qu'il me plaît déjà d'appeler mon Naïm ? Je suis sûre du contraire, mais il me manque les mots pour l'exprimer.

Mon amie, ma sœur, je suis dans la confusion. Pardonne-moi encore une fois pour ces divagations. Je souhaitais t'écrire quelque lettre sérieuse, mon esprit s'est enfui ; mon cœur m'a conduite ailleurs. Mais je suis cela aussi ; pétrie de rêveries nocturnes, de mirages intimes et de secrets, que je veux partager avec toi.

Ton amie qui te porte en son cœur,

Judith

Cher cousin,
Qu'Allah bénisse tes jours,

Enfin, nous nous sommes rencontrés. Ma belle m'a dit son nom. Elle s'appelle Judith. Nous avons parlé aussi longuement qu'il nous a été permis. Elle craignait sans cesse que l'on nous surprenne. Ce regard inquiet qu'elle jetait autour de nous m'aurait déjà suffi, mais il y avait aussi la manière dont elle rougissait en portant les yeux sur moi. Quel feu contenu !

C'est singulier, mais j'en ai été véritablement ému. Ses yeux verts comme lavés d'une eau limpide dans laquelle j'aurais pu me noyer, sa peau diaphane, presque transparente ! Elle est comme une biche qui cherche un refuge. Un instant, j'ai eu envie de la prendre dans mes bras pour la protéger. Et même en y repensant, je sens quelque chaleur monter en ma poitrine. Ne crois pas que je cède au sentiment amoureux mais enfin, il y a quelque chose en elle qui la distingue des autres.

Et quel plaisir, quel sentiment de puissance de voir le désespoir fondre sur un cœur à la seule idée de la séparation ! Parfois, je me demande si, dans mes entreprises, je ne préfère pas ces temps de suspens, cette espèce d'échec ou, à dire vrai, de victoire retardée, à la victoire elle-même.

A tout prendre, si l'amour devait avoir un sens, ce dont je doute encore, ce serait celui-là et nul autre. Dans la victoire, dans la jouissance d'un amour accompli que tous recherchent, qu'y a-t-il sinon une pure satisfaction égoïste ? Et combien est-on encombré, l'instant d'après, de cette réussite ! Elle est là, au creux de notre main, et nous ne savons qu'en faire. Plus d'attente fiévreuse, plus d'angoisse, plus de joie inespérée.

Mais l'échec ! N'est-ce pas l'essence même de l'amour ! Sa seule, vraie et sensible manifestation. Seul un amour mis en échec peut devenir éternel.

Que la bénédiction d'Allah soit sur toi.

Naïm

Mon cher Kafihd,
Qu'Allah le très miséricordieux te garde,

En ce milieu du mois de septembre, Istanbul est baigné dans une atmosphère très singulière. On sent déjà venir la fraîcheur de l'automne. J'en ai été surpris, mais finalement ce n'est pas du tout désagréable. Le vizir a quitté la capitale pour la Crète. Il ne présidera pas le diwân qui doit statuer sur la question qui nous intéresse.

J'ai donc décidé de laisser pour un temps mes "questions juives", et de m'occuper activement de mes affaires. Tout d'abord, je dois t'avouer qu'une visite au cadi'asker* m'a fait entrevoir la possibilité d'un enseignement dans une madrassa** d'Alep et, au-delà, l'accès au poste de cadi. Les avantages de cette proposition sont multiples. Je pourrais me retrouver non loin de chez moi sans rien devoir aux relations de père. Et profiter de cette opportunité pour concrétiser nos projets, acheter les terres que nous convoitons. D'ailleurs dans cette éventualité, j'ai pris contact avec des agents de

* Magistrat musulman qui statue dans les affaires civiles et religieuses.
** Dans la tradition musulmane, école juridico-religieuse où sont enseignés les préceptes du Coran.

ravitaillement et différents intermédiaires, marchands et fonctionnaires.

Toute la matinée, j'ai musardé sur les quais, me mêlant à l'activité des marchands, prenant plaisir à rêver aux terres lointaines. J'ai eu la confirmation que la plupart des intercesseurs dans les transactions avec ces étrangers sont juifs. Tu connais, comme chacun, leur implication dans la finance mais ici, à Istanbul, au milieu des entrepôts, c'est encore plus sensible et concret. Je comprends à présent le souci du vizir.

Et cela m'a donné une idée pour favoriser notre acquisition. Il me suffisait de trouver un prêteur juif avec qui conclure l'affaire. Tu sais que Hamad, notre cousin, s'occupe pour notre oncle des transactions avec les marchands étrangers. Il a donc été facile de le convaincre et il m'a recommandé à un certain Salomon Bacchi, dont les bureaux se trouvent tout près de l'arsenal de Kasim Pacha, un peu au nord de Galata, sur les rives de la Corne d'Or. Je suis à Istanbul, où tout est possible.

A présent, je n'ai que quelques démarches à faire, récupérer l'argent, trouver un accord avec l'intermédiaire, et je suis libre pour les jours à venir. Ah, mon cher cousin, si la vie à Istanbul est toujours ainsi, j'envisage de venir m'y installer.

Je t'abandonne à présent et te laisse te réjouir de la bonne nouvelle.

Qu'Allah nous soutienne.

Naïm

Mon amie, ma sœur,
Béni soit l'Eternel, quoi qu'il advienne,

Nous sommes de retour à Galata. Le temps s'est adouci. J'aurais bien voulu aborder d'autres sujets dans cette lettre mais les événements se précipitent, et je me dois de te les rapporter.

Il y a quelques jours de cela, les émissaires de la cour sont allés saisir le Messie emprisonné à Abydos, pour le transférer à Andrinople et qu'il comparaisse devant le diwân. Ici, nous tremblions d'inquiétude. Le sultan, chez qui on envoyait l'Oint du Seigneur, possède puissance de vie et de mort sur tout l'empire.

Puis, ce matin, les Turcs ont annoncé la nouvelle. C'était tellement incroyable que personne n'y a cru. Mais la communauté d'Andrinople, où se sont déroulés les événements, l'a confirmé.

Seulement comment pouvons-nous accepter que le Messie, l'Oint du Seigneur, celui qui est né pour libérer le peuple de son exil, celui par qui la Chekhina se révèle, en qui les deux mondes se réunissent, celui qui a été préparé pendant des siècles, que les Ecritures ont annoncé, que tous les calculs des savants versés dans les secrets ont désigné, comment accepter que l'Unique ait pu renier le Seigneur d'Israël et s'être fait turc ? C'est proprement impossible.

Que s'est-il passé ? Il n'y a qu'une réponse. Le Messie a triomphé du sultan, mais cela reste inavoué. Les Turcs, qui redoutent d'ébruiter la nouvelle, ont répandu des mensonges à la place. A moins qu'il ne soit mort en martyr de la foi. Malheureusement, l'évidence est là.

Le Messie, Sabbataï Tsevi, a renoncé à la foi de nos pères. Il s'est fait musulman sous le nom d'Aziz Mehmed Effendi !

Ton amie, ta sœur que ronge l'inquiétude,

Judith

Cher cousin,
Que le Très Miséricordieux s'incline vers toi,

Je t'ai promis, dans ma dernière lettre, quelques rebondissements dans mon affaire avec ma belle Judith et ils n'ont pas tardé.

Comme mon prêteur vivait à deux ruelles de la sienne, je décidai d'aller régulièrement rendre visite à mon vieux juif. J'y gagnais deux choses. Je passais sous les fenêtres de ma belle, et j'en profitais pour parfaire mon éducation en écoutant les conseils que me prodiguait Salomon Bacchi. Si bien que demain, quand j'aurai oublié la femme, me restera encore ce qu'il m'a appris sur les rouages du commerce et des opérations financières. J'en sais d'ailleurs aujourd'hui assez sur le sujet pour nourrir mille nouveaux projets, dont tu feras partie, sois sans crainte. Tu verras qu'il n'est pas besoin de posséder des terres pour s'enrichir. Savoir où intervenir dans une affaire, comment y placer son argent, quel service proposer peut rapporter bien plus.

Mais, pour l'heure, il s'agit de Judith, qui le soir venu me guettait, impatiente et inquiète ; telle une enfant têtue qui a décidé de faire une chose interdite et redoute de se faire prendre. Force et faiblesse mêlées ; somme toute un terrain propice à mon projet.

Il y a de cela deux jours, je me décidai. Je me suis avancé vers elle en composant un personnage sombre et comme déjà vaincu par le destin. Quand elle m'a vu, elle a pâli. J'ai dû me retenir d'exulter et, pour forcer le trait, j'ai feint celui qui hésitait. Lorsque j'ai été proche d'elle, j'ai tendu une main tremblante vers son visage et j'ai baissé la tête d'un air coupable. C'est alors que j'ai joué ma scène.

Sa faiblesse tient en ce qu'elle est juive et que je suis musulman. Or, tu n'ignores pas, après toutes mes lettres, la tourmente dans laquelle est plongée sa communauté. Dans ces conditions, comment pouvait-elle, sans que son cœur n'en fût déchiré, s'intéresser à moi, un musulman ? Nul doute qu'elle devait souffrir de cette situation, au plus profond d'elle-même, s'interroger sans cesse, passer d'un sentiment à l'autre. Un dédale d'impressions contradictoires devait la miner, il fallait en profiter. En d'autres mots, que j'avais soigneusement choisis pour qu'ils paraissent vrais sans avoir l'air définitifs, je lui ai fait comprendre qu'il était vain d'imaginer un quelconque rapprochement entre nous !

Elle est juive, je suis musulman, que pouvions-nous espérer ?

J'ai pris soin de ne pas offenser sa religion. J'ai même quelque peu amoindri la nôtre, l'humanisant, pour ne pas laisser paraître un antagonisme irréductible entre nous. J'ai parlé sans la laisser m'interrompre, puis brusquement, je me suis redressé et, dans une admirable posture d'homme blessé, j'ai balbutié ces mots : Notre amour est impossible. Si tu as quelque sentiment pour moi, n'essaie pas de me voir quand je passerai sous tes fenêtres. Ta vue me serait trop douloureuse.

Et je me suis enfui.

Maintenant, de retour chez notre oncle, je t'écris. Qu'adviendra-t-il ? Je le saurai vite. Si ma ruse a marché, je la retrouverai bientôt, entièrement à ma merci.

Si Allah le veut, je t'écrirai demain.

Naïm

Mon amie, ma sœur,

L'Eternel nous restera, Son lien est indéfectible,

Pourquoi faut-il que le bonheur me soit donné et repris dans le même sourire ?

En allant retrouver Naïm le jour du shabbat, je croyais lui avoir donné une preuve de ma passion. Mais à présent, je suis perdue. Ai-je le droit de forcer le destin, d'aller contre ses recommandations les plus fermes ?

Pourtant, nous étions bien près de sceller notre véritable union. Mais sa retenue et sa délicatesse ne l'ont pas permis. Ce qui me console, c'est qu'autour de moi tout le monde est dans le désarroi, comme si l'univers était sur le point de s'effondrer. Je n'ai pas d'effort à faire pour être à l'unisson de cette détresse, même si mes raisons sont tout autres. Je ne sais pas si j'aurais pu supporter cette infortune au milieu de la liesse générale.

Je n'ai encore rien fait de répréhensible, pourtant je me sens coupable en mon tréfonds. Dans mon lit, la nuit, je tremble. Je ne suis pas tombée malade parce que j'ai lutté de toutes mes forces contre un état qui me tiendrait éloignée de Naïm. Peut-être devrais-je céder à la fièvre qui me gagne. Que m'importe ce corps, sa santé et son intégrité, maintenant que j'ai perdu celui à qui il est destiné !

Ta très dévouée amie et sœur,

Judith

Cher cousin,

Qu'Allah te recueille dans le creux de Sa main,

Je croyais avoir dissipé dans ma récente lettre tes doutes quant à mes sentiments pour Judith. Mais je veux bien t'accorder qu'elle ne m'est pas totalement indifférente, c'est même la seule qui soit parvenue à me toucher. Mais enfin, ce n'est pas de l'amour et si c'en est, je devrai impérativement m'en prémunir pour mener à bien mon entreprise.

Car il faut choisir, cher cousin. Et je ne veux pas être esclave d'une passion qui n'apporte que tourments. Voyons ! As-tu songé aux conséquences ? Supposons que je me livre à cette passion comme tu me le conseilles et que ma belle disparaisse. Je n'aurais alors que supplices et regrets. La belle affaire, vraiment, que de m'y exposer. Augurons, à présent, qu'elle cède à ma sollicitation, comme je l'espère. Crois-tu que cet amour en sera satisfait, après toutes les manœuvres auxquelles j'ai recouru pour l'amener à se livrer ? Tu sais bien que ce ver gâtera le fruit et que ce me sera une torture jusqu'à la fin de mes jours. Je préfère, et de loin, m'en tenir à mon plan initial.

Car, vois-tu, je me sens confiant parce que je connais bien le caractère des femmes. On dit que, pour obtenir d'elles ce que l'on veut, il convient de commencer par le leur refuser. Ce n'est vrai que pour celles qui, sur la pente de l'âge, perdent leur attrait et s'opposent à tout comme au temps qui passe. Pour les tendres joncs que la vie n'a pas encore éprouvés, c'est autrement qu'il faut s'y prendre. Ces jeunes âmes sont riches d'une générosité de cœur et d'action dont il faut tirer profit. Avec l'âge, vient chez la femme la vanité ou quelque autre faiblesse, dont il est aisé de tirer profit. Mais j'ai décidé de confronter Judith à un choix qui n'est pas de son âge, entre sacrifice et renoncement. Je lui ai encore livré tous les éléments pour qu'elle croie devoir agir pour moi. Sans cela, pas de sacrifice. Voilà d'où vient que j'ai confiance.

A demain si Allah le veut,

Naïm

Mon amie, ma sœur,
Que le Nom me garde en Sa protection !

Je vais commettre un acte désespéré. Dans notre foyer, ce ne sont que dissensions, cris et chicanes au sujet du Messie. Que les voies du Très-Haut sont tortueuses, ma sœur ! Que puis-je prétendre y comprendre, moi, simple fille d'artisan, quand nos anciens eux-mêmes y perdent leur sagesse ?

Et comme si cela ne suffisait pas à mon désarroi intérieur, il y a Naïm dont je ne peux parler à personne sauf à toi. Son image me hante et me ronge aux moments les plus incongrus. Hier, j'ai pleuré à table, tout le monde a cru que c'était sur le sort du Messie. Mais c'était le visage défait, si triste de Naïm, qui m'était revenu !

Non ! Si je suis impuissante à changer le sort du Messie, le bonheur de Naïm et le mien ne dépendent que de moi. Je ne laisserai pas s'accumuler les échecs. Que m'importe ce que l'on pensera de moi. J'aime Naïm. Je ne crains pas de l'écrire, et je ne craindrai plus, dorénavant, de le dire.

Je montrerai à l'Eternel que rien n'est impossible aux amants. Ils peuvent, s'ils le désirent, s'opposer au monde. Nous puisons notre force l'un en l'autre. S'il le faut, nous partirons. N'y a-t-il pas d'autres terres où nous pourrions vivre ? J'habiterai en lui et lui en moi. Parlez autant que vous voudrez, médisez comme il vous plaira. Et quand le malheur viendra rendre justice à vos fautes, nous, ensemble, nous serons heureux !

C'est décidé, mon amie, si tu es encore mon amie après ce que je viens de t'avouer, je vais faire une folie aux yeux du monde, mais la seule chose que je puisse faire à mes yeux.

Ton amie, ta sœur qui repose sur tes prières,

Judith

Mon amie,
Que l'Eternel nous pardonne,

Encore une de tes lettres pleines de reproches ! Quelle terrible missive ! Quelle logique absurde !

Tu me dis que ce qui d'ordinaire contredit le Très-Haut suscite Sa colère, Sa tristesse, Sa miséricorde. Que cet amour qui L'exclut fait naître Sa jalousie et que la jalousie du Très-Haut est intraitable. Il peut endurer les vices, les errances, les révoltes, voire l'indifférence oublieuse, cela Il sait le châtier, mais Il n'accepte pas que l'on se détourne de Lui pour un autre. Il se fait alors chasseur et poursuit sa proie sans relâche jusqu'à ce qu'elle sombre dans le malheur. Et que rien ne peut adoucir Sa jalousie.

Qu'espérais-tu en me parlant ainsi ? Me détourner de mon projet ? C'est trop tard, je puis te le dire, trop tard !

Mais dis-moi, toi, pourquoi l'Eternel permettrait-Il à l'amour de naître si c'est pour le jalouser par la suite ? Que n'est-Il jaloux dès le premier instant ! Et que de souffrances seraient ainsi épargnées aux hommes ! Non, vraiment, je ne veux pas croire que le Très-Haut agisse de la sorte.

Et puis, après tout, qu'Il fasse comme Il l'entend, j'irai au bout de ce que j'ai décidé. Qu'Il s'essaie donc à ruiner mon espoir. Je lui tiendrai tête. Il ne me prendra pas Naïm. Il n'en a pas le pouvoir. Je le prouverai.

Mais je perds mon temps. Cette lettre est invraisemblable. Je n'y réponds que parce qu'elle m'a irritée. Il convient maintenant que je m'occupe de mettre mon projet à exécution.

Ton amie malgré tout,

Judith

Très cher cousin,
Que le Clément daigne avoir souci de toi,

Je suis au regret de t'annoncer que j'avais vu juste et que mon plan a marché mieux que prévu. Je constate, d'ailleurs, que tu n'en doutais guère puisque tu n'as pas osé parier.

Hier, au milieu de la foule, en plein centre de sa communauté, ma belle juive s'est jetée dans mes bras et blottie contre ma poitrine. Que pouvait-elle faire de plus que de se déclarer à la face de tous ? Si j'étais mauvaise langue, je dirais qu'elle a, à la fois, bien et mal choisi son endroit car je ne sais si, dans l'affairement général, on a vraiment remarqué son théâtre. En tout cas, pour ma part, j'en ai éprouvé une certaine gêne. J'ai craint, je l'avoue sans détour, que, à rendre trop public notre enlacement, je ne me trouve contraint de verser à sa famille quelque dédommagement pour l'avoir séduite.

Je l'ai donc entraînée dans une cour déserte. Elle était en larmes, totalement égarée. A peine nous étions-nous retrouvés seuls qu'elle m'a donné un long et suave baiser. Je tiens ma victoire !

La suite est moins plaisante. Imagine-toi que dans trois jours elle va m'attendre sur l'embarcadère pour que nous fuyions ensemble. Me vois-tu fuir avec elle je ne sais où, sans autres biens que mes vêtements ?

J'ai d'autres projets. Toi-même, tu ne le ferais pas. Et puis j'ai obtenu ce que je voulais, il n'est donc pas question que je prolonge cette feinte.

Je voudrais bien la détourner de cette idée insensée. Mais ce ne m'est pas possible. Ne t'avais-je pas dit que je redoutais cette passion qui couvait en elle ? Je craignais qu'elle ne se manifeste de manière excessive. J'en ai la preuve. Je me demande, à présent, jusqu'où elle peut être entraînée.

Devrais-je aller à ce rendez-vous pour la raisonner ? J'en doute fort à cette heure. Mais je me sens un peu responsable de ses fols espoirs et je ne voudrais pas qu'elle commette une action irréparable. Ce n'est après tout qu'un jeu.

Je laisse à tes subtiles arguties le soin de décider.

Qu'Allah ne t'oublie pas.

Naïm

Cher cousin,
Qu'Allah le très miséricordieux te garde,

Tu me demandes des justifications dans ta dernière lettre, au ton particulièrement acerbe. Mais tout de même, tu conviendras que le portrait que tu as dressé de mes fautes est terrifiant ; tellement qu'il me faudrait plusieurs vies de pénitence pour en venir à bout. Que dire alors d'une seule ! Qu'irais-je dilapider la seule vie qui m'est donnée en repentance et servitude ?

Et puis, dans tes reproches, tu négliges curieusement un point ; je n'ai souillé que les sentiments de cette jeune fille, non son corps. Pour des moralistes attachés aux apparences comme toi, ce point n'est pas négligeable. Je n'ai pas hypothéqué son avenir ; vertueuse elle était avant de me rencontrer, vertueuse elle est restée. Elle épousera un bon garçon et le temps lavera, non point l'affront que je lui ai fait, mais les illusions dont elle s'est bercée. Elle finira même par me remercier de l'avoir aguerrie sur ces questions. Et, si elle doit avoir une fille, elle saura à quoi s'attendre.

Allons, c'est assez de justifications ! Enfin, cher cousin, malgré tes remontrances, je n'ai rien forcé. Le reste, je ne l'ai pas créé ni imposé. Suivant tes règles, j'aurais dû me détourner dès le premier instant. Mais cela n'aurait nullement empêché l'imagination de la belle de s'enflammer.

Eh oui, c'est à elle que tu devrais envcyer tes épîtres et tes sermons ! Le beau sujet que tu tiendrais là : De l'amour comme sentiment à éviter !

Si Allah le veut, je t'écrirai dans les jours qui viennent.

Naïm

A toi, qui te dis mon amie,
Que l'Eternel s'occupe de toi si tel est Son désir,

Je n'ai plus rien, je ne suis plus rien !

Si je t'écris, c'est que je ne suis pas partie. Il n'est pas venu ! Il m'a trahie ! Mieux vaut qu'il ne soit pas venu. Je bois ainsi le poison d'un trait. Si j'y survis, plus rien jamais ne pourra m'atteindre.

Jamais plus je n'irai à l'embarcadère. C'est pour moi un lieu de malédiction. Tout ce que j'y ai connu n'est que mensonge, tout ! Le faux Messie, le séducteur. Des imposteurs !

Que vais-je devenir maintenant ? Quelle raison aurais-je de vivre après cette offense ? L'oubli seul pourra réparer ma faute. Oui, pour ne plus souffrir et pour le punir ! Mais il faudra qu'il le sache. Ce sera une écharde en son âme ! Jusqu'à sa mort il ne pourra s'en défaire ! Le remords le rongera. Le regret aussi. Alors il comprendra combien je l'ai aimé. Oui, il comprendra et il regrettera d'avoir agi ainsi ! Et il découvrira que lui aussi m'aimait malgré sa lâcheté. Mais je ne serai plus là. Et il souffrira de mon absence.

Mais pour l'heure, c'est moi qui souffre. O combien ! Mais cette souffrance est inutile, vaut-il la peine de vivre ainsi ?

Je le sens qui rôde. Au moindre bruit, je sursaute comme s'il allait apparaître. Je l'attends. C'est abominable. Je le hais mais je l'attends !

D'ailleurs, adieu mon amie, ma sœur, je n'ai que trop perdu de temps à t'écrire. Je ne t'enverrai plus de lettre. Je t'en ai assez dit. Le reste me concerne.

Adieu,

Judith

A Naïm,
au monstre insensible qui a tué mon âme,

Je t'écris cette lettre que je ne t'enverrai jamais. Pourquoi le ferais-je ? Je t'exècre pour l'amour que tu as allumé dans ma poitrine. Je te maudis pour avoir ravagé mon cœur.

Je suis devenue une ombre errante pour l'éternité. Signe de malédiction. Vaincue. Bafouée. Outragée par une promesse non tenue. Une promesse qui échappe à ceux qui la font. Une promesse à laquelle seule je me suis conformée. Une promesse de vie qui est un arrêt de mort !

Tes mains sont couvertes du sang de mon cœur, et je prédis, moi l'enterrée vivante, que rien, aucune eau ne pourra jamais les laver.

Celle que tu fais souffrir,

Judith

Cher cousin,
Qu'Allah le très miséricordieux te garde,

Tout d'abord, une mauvaise nouvelle. Notre intermédiaire a été arrêté pour malversation. A l'évidence, il s'agit d'une dénonciation. Sans doute la conséquence d'une lutte d'influence entre fonctionnaires, en tout cas l'argent que nous lui avons versé est perdu. Evidemment, j'ai déposé plainte. Mais avant qu'elle n'aboutisse, la vente des terres que nous avions réservées aura été effectuée. Mon vieux juif, que je suis allé voir dès que j'ai su la nouvelle, n'a pas eu l'air surpris et il m'a immédiatement proposé un arrangement pour apurer notre dette envers lui. Quand je t'en donnerai les éléments tu verras qu'il y a quelques roueries dedans. Mais comme tu dois le comprendre à demi-mots, j'ai accepté son offre. Elle est bien moins intéressante que l'affaire que nous projetions de conclure, mais nous n'y perdons pas tout. Et puis, il a commis l'imprudence de m'apprendre de nombreuses choses sur son univers et, crois-moi, je compte bien en faire usage le moment venu et retourner contre lui toute sa ruse. Nous verrons qui sortira vainqueur.

Enfin, pour ce qui est de Judith, je voudrais te rassurer sur son sort, en te disant que les tensions que sa communauté a ressenties avec l'apparition de ce prétendu prophète touchent à leur fin. Je ne connais guère les détails, mais j'ai pu constater que le calme est revenu. Chacun est retourné à ses affaires et le quartier de Galata, à ce que l'on dit, a recouvré un visage normal. C'est une bonne chose. Que la vie reprenne ainsi son cours lui permettra certainement d'oublier plus vite, si ce n'est déjà fait.

Mais, je ne sais pourquoi, j'ai comme une amertume qui me tient. Cette histoire, celle du prêteur... Je n'ai plus envie de m'attarder à Istanbul.

Je m'en reviens donc.

A bientôt si Allah en a décidé ainsi,

Naïm

LE CHECKPOINT

Aujourd'hui
Quelque part en [illegible]
Un poste de contrôle sur une route [illegible]e.

La pièce est étroite. Les sons y résonnent.

On l'appelle la salle d'interrogatoire. Quatre murs en parpaings posés à même le sol, une pièce vide qui sert de bureau et de remise. Une construction de fortune, éphémère, dotée d'une unique fenêtre à barreaux.

L'endroit n'est pas fait pour être confortable. Et de fait, on ne le nettoie jamais. En son centre, une table en formica et trois chaises pliantes. Rien d'autre, aucun objet, pas même un stylo ou un combiné téléphonique. Pour ne prendre aucun risque. Ne laisser aucun ustensile, fût-ce une feuille de papier, à portée de main des suspects.

Le jeune lieutenant s'écarte pour laisser passer la Palestinienne. Il le fait par courtoisie. C'est dans sa manière. Même en ce lieu perdu, au bord d'une route déserte, un peu de délicatesse, quelque incongrue qu'elle puisse paraître, lui semble nécessaire. Pourquoi y dérogerait-il ? Il ne ressent, en cet instant, qu'un vague embarras. Nulle tension particulière, nulle inquiétude. Il ne voit pas en cette jeune fille une ennemie. Tout juste un problème administratif fâcheux. Pour elle comme pour lui.

Ce n'est pas le cas du soldat qui l'accompagne. Le doigt sur la détente de son arme automatique, le regard inquisiteur, le soldat Likitch est en alerte.

Prêt à réagir au moindre mouvement. C'est pourtant un bon garçon, plutôt débonnaire dans la vie. Ses parents sont commerçants et lui-même envisage de reprendre l'affaire familiale. Mais ce poste transforme les hommes. Il les abrutit. Pour éviter un incident, le lieutenant laisse Likitch sur le seuil de la porte, qu'il referme soigneusement derrière lui, malgré le regard inquiet de l'homme de troupe.

A présent, il est seul avec la jeune fille. Il hésite. L'inviter à s'asseoir, mais de quelle façon ? Ici, les gestes deviennent vite dérisoires. Il choisit de l'ignorer, tire la première chaise à lui, s'y installe et pose ses coudes sur la table bancale.

Elle est immobile. Enveloppée dans ses châles, d'où émerge son visage un peu dur. Elle contemple, malgré la crasse qui recouvre la vitre, les collines au loin. Puis dans un bruit d'étoffe, elle fouille ses vêtements et en sort une liasse de papiers usés retenus par un élastique, qu'elle pose sur la table. Toute sa vie s'y trouve concentrée en quelques mots. Son nom, celui de ses parents, sa date de naissance, son lieu de résidence. Et, au-dessus, bien en évidence, l'autorisation qui lui a été délivrée pour se rendre dans les territoires voisins, de l'autre côté de la ligne de démarcation.

Lorsqu'elle les tend à l'officier, un pendentif en forme de scarabée tombe sur le sol. Il se penche pour ramasser ce petit objet qui épouse le creux de sa main. Il n'a jamais rien vu de tel. Une fois, peut-être, dans un musée. Mais il est incapable de préciser sa pensée. Quand il le rend à la jeune femme, un seul mot lui vient à l'esprit.

— C'est une relique.

Ni question, ni affirmation. Une simple réflexion.

— Elle me vient de ma mère, qui la tenait de la sienne. Je l'ai toujours avec moi.

Premiers mots de la jeune fille. La voix est ferme. Le timbre, bien que sec, reste agréable. Cet incident a distrait le lieutenant. Il se frotte les tempes, essaie de se souvenir pour quel motif on a cru bon d'arrêter cette femme. Parce que la date de son autorisation est dépassée… Il vérifie scrupuleusement. C'est juste. De quelques jours. Et le règlement stipule… Mais aussitôt un scrupule l'assaille, il triture l'autorisation, nerveusement.

— La date est expirée…

Aucune réponse.

Pour des raisons de sécurité qu'il comprend fort bien, on a dressé une frontière entre les siens et les autres. Un mur, réel et symbolique. Un mur dont nul ne sait de quel côté se trouvent les "prisonniers". Une frontière qui sépare des familles, des amis, un fils de son père, un frère de sa sœur, le paysan de ses terres. Elle protège de la haine, mais brise la vie quotidienne. Qui ne peut se renouer qu'à coups d'autorisation. Une frontière pour prévenir la haine, une frontière pour susciter la haine !

Naturellement, il faut être attentif. Trop de morts, des deux côtés, hommes, femmes, enfants, dont les photographies paraissent régulièrement dans la presse, crient leur douleur. La folie des hommes est sans limite. Il le sait. Dans ce monde crépusculaire on doit se méfier même des enfants. On le doit. Mais cela lui fait mal d'en être arrivé là, de ce côté comme de l'autre…

En croisant à nouveau le regard de la jeune fille, comme on le ferait de celui d'une passante inoffensive dans la rue, il est surpris de la trouver si belle. Il pourrait se laisser séduire. La chaleur irrespirable de cette casemate, son cœur qui bat brusquement.

Mais non, il lui faut se concentrer sur son devoir. Pourtant comment imaginer qu'un tel visage puisse mentir, ou dissimuler la haine ? Il est fait pour la joie, le plaisir, le bonheur. Il est fait pour l'amour, justement, dont ce vieux fou qui traîne près du poste de contrôle depuis quelques jours lui rebat les oreilles ! Et si cette jeune fille allait retrouver son fiancé de l'autre côté de la ligne ? Peut-il, lui, l'en empêcher pour une question de date expirée ? Il examine alors la liasse de papiers. La fille s'appelle Annah, elle a son âge. Elle est née dans le village où elle réside encore aujourd'hui, à plusieurs kilomètres, en contrebas. Elle n'est pas mariée.

Il repose la liasse. Il est toujours embarrassé.

D'ordinaire, il se décide vite. Mais l'attente irritante de cette journée l'a amolli. Quand rien ne se passe, le doute s'insinue.

— Assieds-toi.

Il a essayé de parler d'une voie neutre. Ni commandement, ni invitation. Elle s'exécute et le dévisage sans manifester aucune inquiétude. Nul défi, non plus. De l'intérêt, plutôt, ce qui flatte le lieutenant. Il esquisse un sourire.

— Tu t'appelles Annah.

— Oui.

— Je me nomme Yaïr.

La jeune fille le regarde par en dessous. Elle s'attendait à être interrogée, non à faire les présentations. Il s'en aperçoit, se reprend, essaie de jouer son rôle d'officier de contrôle.

— Pourquoi veux-tu passer la ligne ?

— Je vais rendre visite à mon oncle.

Un oncle ! Il éprouve un soulagement coupable qu'il ne cherche pas à réprimer.

— Où réside-t-il ?

— Dans le prochain village.

La jeune fille a fait un signe de tête en direction du sud. Plus loin dans les collines, il y a un patelin. Quelques maisons autour d'une place. Il ne s'y est jamais arrêté.

— Tu sais que ton laissez-passer n'est plus valable.

Un acquiescement et à nouveau le silence. Il attend. Le crissement du papier qu'il triture. La jeune fille se renferme dans son mutisme. Elle ne cherche aucune excuse, aucune explication. Elle refuse de lui parler. Il n'a jamais été à l'aise dans ce genre d'exercice. Ni la psychologie malsaine, ni l'éventuel usage de la force que suppose l'interrogatoire ne l'attirent. Cela lui est chaque fois une corvée.

Enfin, d'un ton posé qui dissimule mal une certaine irritation, la jeune femme se lance.

— Je n'ai pu me déplacer durant la période autorisée. J'ai eu des empêchements. J'ai dû aller à l'enterrement de l'un de mes cousins. Tué par… Qu'importe ! Aujourd'hui, je le peux. Mais je n'ai pas le temps de demander une autre autorisation. Les délais… Et demain, il sera peut-être trop tard.

Le lieutenant la coupe. En partie pour éviter d'entrer dans une discussion sans fin sur les autorités israéliennes dans les Territoires, en partie par désintérêt. Ce qu'elle lui raconte, il l'a entendu cent fois déjà. Les vexations ordinaires, les dysfonctionnements du système, l'absurdité de la situation. Nul besoin d'y revenir. C'est à elle qu'il s'intéresse.

— Alors tu t'es dit…

Mais elle ne se laisse pas faire.

— Rien. Je ne me suis rien dit. J'ai simplement décidé d'aller rendre visite à mon oncle que je n'ai plus vu depuis une année et qui n'est pas au mieux.

Le ton est tranchant, définitif. Il n'en apprendra pas plus. Il pourrait poursuivre l'interrogatoire, demander qui est cet oncle qu'elle veut visiter, vérifier sur les listes. Il n'en a pas le désir. Il devrait plus simplement la renvoyer, appliquer le règlement.

C'est ce que l'on attend de lui. Mais curieusement, il ne le souhaite pas. Il ne veut pas la peiner, ou passer à ses yeux pour un imbécile obtus. La jeune fille est là, entre ces quatre murs. Tant qu'il l'"interroge", il la protège d'une certaine manière. Ici, il est le plus haut gradé, on ne lui demandera pas de rendre des comptes.

— Tu sais, je devrais te faire reconduire chez toi.

Elle ne manifeste aucune émotion.

— Vous en avez le pouvoir. Je ne suis qu'une femme…

— Je suis tenu par un devoir. Question de sécurité. Mais je peux aussi essayer de comprendre.

— En m'interdisant le passage ! En régentant ma vie ! En prenant nos terres !

Il lève la main pour la faire taire.

— Tu ne me facilites pas la tâche. Je t'ai dit que je pouvais essayer de te comprendre. Tu peux me parler un peu de toi, m'expliquer. Tiens, par exemple, es-tu mariée…

Il suspend sa phrase, comme s'il avait honte de sa question, sentant ce qu'il y a d'inconvenant à entreprendre ainsi la jeune fille dans ce poste de contrôle, lui d'un côté, elle de l'autre. Irréconciliables. Presque scandaleux de l'interroger de la sorte.

La jeune fille semble partager ses réticences. Elle le contemple, décontenancée.

— Mariée ? Non !

La suite ne vient pas.

— Vous avez fini votre interrogatoire ?

Le lieutenant se redresse alors tristement.

— Tu peux me tutoyer, nous avons le même âge.

Elle insiste.

— L'interrogatoire…

— Oui, bien sûr.

Il se saisit d'un bloc-notes et l'ouvre. Sur la page, il griffonne un mot. Elle se penche en avant pour lire ce qu'il a écrit.

— Ce n'est pas un compte rendu, murmure-t-il comme pour s'excuser, c'est un pense-bête, je suis un peu curieux.

Il se rengorge.

— J'ai besoin de savoir, c'est mon office. Bon ! Tu n'es pas mariée... Je suppose que tu n'as pas d'enfants.

Elle hausse les épaules.

— Question stupide, ajoute-t-il en hâte. Qu'est-ce que tu envisages de faire, enfin...

Sans trop savoir pourquoi, la jeune fille sourit.

— Ce que je veux faire de ma vie ? C'est ça que tu veux savoir ?

Mais elle ne lui laisse pas le temps de répondre et poursuit.

— Dans mon village, à quoi crois-tu que je sois destinée ! Tu penses peut-être que je suis comme l'une de tes concitoyennes ? Que j'ai le choix de faire ce que je veux !

C'est avec une étrange naïveté qu'il répond.

— Non... enfin je ne sais pas. Je n'ai pas pensé à cela. Je te regardais et je voyais une femme, simplement.

Elle le coupe brutalement.

— Je suis aussi libre que n'importe qui ! Aussi libre que tes amies des grandes villes...

Puis calme, à nouveau, presque froidement, elle poursuit.

— Je veux bien continuer à parler, mais qu'as-tu décidé à mon sujet ? Le temps passe, on va commencer à s'inquiéter de mon retard. Suis-je autorisée à traverser ou me renvoies-tu chez moi ?

Il grimace.

— Selon le règlement, je n'ai pas le droit de te laisser passer. Mais je ne crois pas que tu m'aies menti.

— Alors ?

— Je ne sais pas. Je cherche une solution.

— En te moquant de moi ?

— Ce n'est pas mon but, je t'assure.

Elle se penche sur la table, le fixe avec intensité.

— Dois-je te remercier pour tes efforts ?

Il se redresse, confus. Cette proximité, qu'il n'a pas cherchée, le trouble. L'odeur poivrée des cheveux de la jeune fille flotte autour de lui.

— Je ne t'en demande pas tant.

Elle aussi est troublée. Elle ne sait pas très bien où ce lieutenant israélien veut en venir, mais de façon tout à fait inattendue, elle veut bien l'écouter.

— Bien. Si je n'ai pas le choix, dit-elle en reprenant sa place.

Un silence singulier s'installe entre eux. Ils sont seuls, isolés du reste du monde, livrés à eux-mêmes. Dans ce face à face, il n'y a plus de lieutenant de Tsahal et de Palestinienne. Il y a un homme et une femme.

Brusquement des cris éclatent. Une porte claque par deux fois. C'est celle du casernement. Puis une bousculade, ponctuée de nouveaux cris qui se succèdent. Ils ressemblent à des appels de chasse plus qu'à des ordres. Le lieutenant repousse sa chaise. Il fait un signe de la main en direction de la jeune fille. Elle peut l'interpréter comme elle l'entend. Il peut vouloir lui signifier que ce n'est rien, qu'elle n'a pas à se troubler. Il peut vouloir lui dire de rester assise. Lui s'est levé, est sorti sans hâte et sans refermer la porte. Inconsciemment, elle lui en sait gré. Un flot de lumière entre dans ce lieu clos et fait danser la poussière épaisse en suspens dans toute la pièce.

Cette porte ouverte, ce n'est pas une incitation à la fuite. Il y a le garde en faction. Elle peut voir sa silhouette et l'ombre de son arme sur la terre cendreuse. Et puis elle n'envisage pas, n'a jamais envisagé de fuir. Avec la porte ouverte, les cris aussi sont devenus plus distincts. Ce sont les soldats du poste qui s'interpellent, qui s'encouragent. Ils cherchent à attraper quelque chose ou quelqu'un. Brusquement, le calme, à nouveau. C'est alors qu'elle s'imagine du côté des soldats, du jeune lieutenant. Elle sent l'absurdité de leur position. Et la tension que cette absurdité provoque en eux. Elle comprend qu'ils l'aient arrêtée, elle, dont les papiers ne sont plus valables. Ils ne pouvaient pas ne pas le faire. Ici, rien ne se passe, la vie s'est absentée, le moindre événement est un bouleversement. Elle a créé cet événement.

Soudain, quelques ordres incompréhensibles, puis le bruit du vent qui siffle entre les rochers et soulève la poussière du sol. Enfin, le lieutenant apparaît dans l'embrasure de la porte, son expression est ambiguë, à la fois irritée et amusée. Il s'assied en soufflant.

— Les imbéciles ! Ce n'était rien. Un chien errant qui traversait le poste. Quand ils l'ont vu, ils n'ont rien trouvé de mieux que d'essayer de l'attraper.

— Ils y sont parvenus ?

— Bien sûr que non. La seule chose qu'ils ont réussi à faire c'est du désordre et recevoir une réprimande.

— Et le chien ?

Il sourit comme d'une bonne plaisanterie.

— Il a disparu dans les fourrés. Il doit déjà être dans les collines à présent.

Elle s'imagine alors ces soldats qu'on lui a appris à détester, courant après un chien. Comme les enfants de son village ! Une vision attendrissante qui la surprend. Elle se morigène, ces soldats sont loin d'être aussi insouciants.

Le lieutenant, lui, se penche sur les notes qu'il a prises tandis qu'ils parlaient. Il lit le dernier mot qu'il y a inscrit : "Dieu."

Une seconde, il fronce les sourcils. Comme s'il cherchait à comprendre le sens du mot, ou la raison de sa présence sur la feuille. Puis il hoche la tête.

— Je me demandais si la religion avait une importance pour toi.

La jeune fille ne bouge pas. Quand, finalement, elle répond, son ton est agressif.

— Oui, je comprends maintenant... C'est une nouvelle technique de déstabilisation psychologique. Une nouvelle invention de l'armée israélienne.

Un peu surpris, le lieutenant joue un instant avec son stylo, comme s'il cherchait à gagner du temps. Il hésite, est sur le point de répondre, se retient, puis laisse tomber, d'une voix neutre :

— Comment cela ?

Elle remue sur sa chaise, elle peut s'être trompée ! Il a l'air si surpris.

— Vous mettez les gens en confiance. Evidemment, parler simplement, discuter... On se laisse aller. Mais sans en avoir l'air, vous abordez la question de la religion. Quelle est sa place dans ma vie. Si je suis croyante, c'est ce que vous vouliez savoir, n'est-ce pas ? Jusqu'à quel point exactement. Autrement dit, jusqu'à quel point je suis fanatique, potentiellement dangereuse...

Il voudrait la rassurer, poser la main sur son épaule pour lui faire sentir qu'elle se méprend sur ses intentions, que rien de ce qu'elle imagine n'est vrai. Mais il n'ose pas. De dépit, il poursuit, les mâchoires serrées :

— Puisque tu en parles. Il y a quelques points que je voudrais éclaircir... Je veux parler de Yossif ben Affet, Mohad Shikri, et Aziz Daweri. Ces trois-là sont bien de ton village ? Et Aziz Daweri t'est même apparenté ?

Elle redresse la tête, bouche pincée, regard dur. Butée. Mais il n'a plus le choix, il est lancé.

— Tu les connais ?

Silence. Ce refus l'irrite. Aurait-elle quelque chose à cacher ? Sans y prendre garde, il durcit le ton.

— Que peux-tu me dire sur eux ?

Elle recule sur sa chaise.

— Rien. Ils ont quitté le village. Peut-être certains savent où ils sont mais, moi, je l'ignore.

Ce n'est pas une réponse. Ou la pire des réponses. Faut-il maintenant qu'il doute.

— Nous avons des renseignements sur eux…

Elle ne réagit pas.

— Et toi, tu me dis que tu ne sais rien…

— Je sais ce que vous savez. On dit chez nous qu'ils sont activistes. Pour le reste… Avec le Hamas, ou d'autres groupes, je n'en sais rien. Ça ne m'intéresse pas. Je n'ai jamais posé la question. Tu peux m'interroger autant que tu veux, tu ne tireras rien de moi parce que je ne sais rien. Et quand bien même… Si je savais quelque chose, te le dirais-je ?

Un goût amer, un goût de sang comme du fer en bouche, si désagréable, le saisit. Peut-elle croire qu'il ferait cela, qu'il pourrait la torturer, la faire souffrir !

Il cligne des yeux comme pour se réveiller, et croise son regard. Il est toujours aussi dur, mais il pressent qu'il n'y a là rien de personnel, que ce n'est pas lui qu'elle rejette. Sans réfléchir, il s'incline vers elle. Dans la chaleur de la pièce, il sent la vibration de son corps. Il la dévisage. Il voudrait l'émouvoir, la faire rire, il ne peut que la blesser.

A cet instant, tout lui paraît absurde. Lui-même n'a rien à lui reprocher ; il éprouverait presque pour elle une attirance qui le trouble. Mais il ne peut rien faire, vêtu de ce costume qui l'engonce dans ses contraintes d'officier de Tsahal. Elle porte, quant à elle, un fardeau aussi lourd que le sien. Quelle force pourrait briser ces carcans ?

Il change de position, mal à l'aise.

— Je n'ai pas évoqué Dieu pour te piéger, tu sais. Et je veux bien t'avouer une chose. Malgré tous les exemples que je vois autour de moi, que je lis dans les journaux et ailleurs, je n'arrive pas à envisager que l'on puisse être fanatique au nom de Dieu. Dans les temps anciens, nous avions notre Dieu, le Dieu de notre peuple, qui dominait la terre de nos ancêtres et nous permettait d'y vivre comme chez nous. C'est assez.

Il n'obtient aucune réaction. Visage fermé, la jeune femme l'écoute à peine. Il tente de s'expliquer.

— Je parle de la période précédant l'exil de mon peuple, avant la captivité à Babylone, dont il est question dans…

Elle l'interrompt en secouant doucement son front. Ses cheveux s'agitent comme d'épaisses vagues. Un peu d'amertume perce dans son ton.

— Je connais les textes auxquels tu fais référence. Vos textes, ceux qui vous servent de cadastre pour réclamer le sol. Des chrétiens qui vivent en dehors de notre village nous en ont parlé. Ces écrits sont pleins de violence, comme le sont vos armées aujourd'hui.

Il esquisse un sourire qu'il voudrait sympathique.

— Je ne sais pas si tu as vraiment lu ces textes, mais lorsque l'on s'y penche avec attention, crois-moi, on s'aperçoit que cette violence est dirigée contre les nôtres, non contre les peuples étrangers…

— Tu cherches à me convaincre, mais je ne t'écoute pas. Tu n'auras pas le dernier mot.

Il la coupe avec une hâte malhabile.

— Je voulais seulement te faire comprendre que nous sommes attachés à cette terre. Que, dans son exil, mon peuple n'a rêvé que d'une chose, y revenir. Il y a même eu un temps où il a cru voir se lever le Messie qui allait accomplir la promesse. C'était à Istanbul, je crois... Mais l'élan n'a pas eu de suite. En tout cas, les miens ont vécu sans chercher querelle à personne. Parce que, durant toute leur histoire, ils ne se sont occupés que d'eux, sans empêcher les autres d'être ce qu'ils étaient.

Elle ne lui laisse pas le temps de continuer.

— Tu parles de cette terre comme si elle t'appartenait. Mais nous aussi, nous y vivons. Depuis bien plus longtemps que vous. Tu dis que votre violence s'est retournée contre vous-mêmes, mais aujourd'hui elle est tournée contre nous.

— Peut-être... parce que Dieu ne nous guide plus aujourd'hui. Notre fidélité s'est transformée en projet politique.

Il laisse sa phrase en suspens, perturbé par la tournure de la discussion. Il se voit entraîné malgré lui vers des questions qui l'accablent et ne peuvent que creuser le fossé le séparant déjà de la jeune femme. Mais, à sa grande surprise, il découvre, en redressant la tête, qu'elle sourit. Est-ce de la timidité, de l'ironie ? Toute la tension qui l'habitait semble avoir disparu. Sa voix est claire, un peu triste, mais moins agressive.

— Les miens ont suivi un chemin inverse, vois-tu. Ce qui, chez nous, était seulement politique est devenu à présent religieux. Et nous n'en vivons pas mieux. Dieu... Qui sait si ce n'est pas sa faute. Un Dieu unique, exclusif. Le mal ne vient-il pas de là ? Quelle place laisse-t-il à un autre que Lui ?

Tu me demandais si j'étais croyante. A vrai dire, pas à ce prix.

Elle laisse passer un bref silence puis ajoute :

— C'est ce que tu voulais entendre, n'est-ce pas ?

Quelque peu désarçonné par ce revirement, le lieutenant soupire.

— Ne dit-on pas que Dieu est amour ? Et que l'amour est une force qui rapproche, qui unifie…

La jeune fille secoue la tête en signe de dénégation.

— Non. Je ne crois pas en l'amour. Il n'est que sacrifice…

La jeune Palestinienne toise alors l'officier de Tsahal.

— Mais on ne parle plus de mon village… Des renseignements que je pourrais vous fournir.

Lui se redresse, l'air un peu las.

— Si tu veux, nous pouvons revenir à ces questions. Tu dis que tu n'es pas particulièrement attachée à Dieu, qu'il apporte plutôt le malheur, mais les vôtres, tous ceux qui se font exploser dans nos rues, n'ont à la bouche que Dieu, votre Dieu, et le sacrifice !

Elle n'a pas le temps de répondre, on frappe encore une fois à la porte. Le sergent du poste de garde entre, un registre sous le bras. Il a l'air accablé. Pourtant, la nuit a été calme. Mais il n'a pu dormir, toujours cette tension, cette attente qui ronge. Il est venu faire son rapport à son officier.

Il peut s'en acquitter en moins de cinq minutes, il n'y a eu que quatre passages. Un seul posant vraiment problème, celui dont le lieutenant se charge actuellement en interrogeant la suspecte. Mais il veut y mettre les formes, il insiste. Pour lui et pour ses hommes. C'est, à ses yeux, la seule façon de garder une certaine discipline et de ne pas perdre son humanité. Le règlement, à la lettre, quelque critiquable qu'il puisse être. Une norme objective en laquelle tous se reconnaissent. Une procédure. Pas de discussion. Pas de réflexion. Il est venu pour cela. Il salue, réglementairement.

— Dayan m'a remplacé. Je prends mon tour de repos. Je voulais vous en avertir.

Le lieutenant acquiesce, puis ajoute mécaniquement.

— Quelque chose à signaler ?

— Rien... Enfin, le vieil homme est revenu pendant que vous étiez ici. Je ne l'ai pas laissé passer, comme vous me l'aviez demandé.

Le lieutenant tourne la tête vers la jeune femme, indifférent aux propos de son subordonné, mais se reprend.

— Ah ! Et pourquoi venait-il cette fois ?

— Pour dire qu'il ne reviendrait plus. Qu'il en avait assez. Que, puisque vous ne vouliez pas l'écouter, il n'insistait pas. Qu'on l'avait suffisamment pris pour un fou...

Le lieutenant le coupe, avec une certaine impatience.

— Très bien, nous en voilà débarrassés. Rien d'autre ?

Le sergent semble réfléchir. Finalement :

— Non, rien. Excepté...

Il fait un signe de tête en direction de la jeune femme.

— Oui, c'est juste. Allez au poste déposer le registre. Je vous y rejoins dans un court moment.

Et à l'intention de la jeune femme :

— Je vais devoir m'absenter quelques minutes, dit-il en murmurant comme s'il redoutait qu'on l'entende. Mais avant, il me faut certaines précisions à ton sujet. Le sergent me les demandera pour remplir sa main courante. Des précisions du type : Ton oncle, celui que tu vas visiter, que fait-il ? As-tu des cousins dans ce village ? Que font-ils ? Penses-tu aller ailleurs ou envisages-tu de rentrer après ta visite à ton oncle ? Et combien de temps veux-tu rester ? Voilà. On s'y met ? Ce ne sera pas long.

Sur une feuille de son bloc-notes, il note les informations générales la concernant et les réponses qu'elle fournit à ses questions plus spécifiques. Il le fait sans insister, sans entrer dans les détails. A la hâte. Pour se débarrasser de la corvée.

— Ça suffira !

Il est sur le point de plier la feuille, et de la glisser dans sa poche lorsqu'il s'immobilise.

— Je m'aperçois que je ne t'ai pas fouillée… Tu ne portes rien sur toi, n'est-ce pas ? Cela me semble évident… Je peux indiquer "Rien à signaler".

Il lève la tête, sourit sans trop y songer, range ses affaires et s'apprête à quitter la pièce.

Avant de sortir, il se ravise.

— Le vieillard dont nous parlions à l'instant… Il a de fins cheveux gris, longs, que le vent rabat sans cesse sur son visage, une silhouette étrange, un profil très marqué. Tu le connais ?

La jeune fille se tend.

— Encore un interrogatoire ?

— Simple curiosité. Tu ne vois vraiment pas ?

Elle fait la moue.

— Sa description ne me dit rien.

— Soit ! Il ne nous dérangera plus, je l'ai fait chasser. C'est un étrange personnage que j'ai sur le dos depuis mon arrivée.

Il s'arrête un instant, perdu dans ses pensées.

— Je suis incapable, encore aujourd'hui, de dire s'il est juif ou palestinien. Au début, je l'ai écouté. J'avais le sentiment, comment dire… qu'il était au courant. Oui, au courant. Un vieux sage détenant des secrets. Il formulait ses phrases de façon énigmatique, par sous-entendus. Quand je pensais qu'il parlait de moi, je découvrais qu'il s'agissait de Dieu, quand je croyais qu'il évoquait Dieu, c'était de politique qu'il était question. Sur tous les sujets j'étais pris en défaut, cela m'intriguait. Mes hommes me poussaient à l'écarter, mais une force me retenait. La curiosité, le respect de l'âge, la compassion pour son état. Un peu tout cela. Seulement, peu à peu, je me suis aperçu qu'il déraillait. Ça a commencé quand il a voulu me donner des conseils. J'ai eu le tort de le laisser faire. Puis sont venues les révélations, toutes plus fausses les unes que les autres. Contradictoires. Une fois ceci, une fois cela. Une grande idée, puis une autre grande idée, et une troisième… qui se dissipaient dans les rayons du soleil. A la fin, j'ai cessé de l'écouter. Je me suis rendu compte que mes hommes, si simples qu'ils fussent, avaient raison. Ils voyaient les choses comme elles étaient, tandis que je rêvais de mystères. Maintenant, il continue de venir hanter le poste. De moins en moins souvent, mais tout de même, il apparaît encore de temps à autre, comme aujourd'hui. Alors j'ai donné ordre qu'on le renvoie sans me déranger. Il n'y a que ça à faire.

Le lieutenant hausse les épaules. Mais son regard se voile sous l'effet d'un regret.

— Malgré tout, je l'aimais bien, ce pauvre homme. Je me sens un peu coupable de l'avoir éconduit. Comme si j'avais abandonné un vieux compagnon. Mais je ne pouvais plus perdre mon temps avec lui…

Puis il sort, la porte à nouveau grande ouverte dans son dos.

A l'entrée, le soldat Likitch veille. Toujours présent, mais quelque peu avachi.

Annah se lève, va jusqu'à l'encadrement de la porte, fait un pas vers le monde extérieur. Le soldat Likitch se retourne et lui lance un regard à la dérobée. Un regard inexpressif. Comme à une vague connaissance. Elle recule légèrement, pour ne pas l'inquiéter, qu'il ne s'imagine pas qu'elle a l'intention de s'évader.

Au loin, elle distingue les collines couvertes de buissons secs. Le ciel est clair mais il n'est pas lumineux. C'est un paysage triste. En accord avec le cœur des hommes. A-t-il jamais été autrement ? Les vieux le disent. Mais ils ont tendance à embellir le passé.

Elle attend le retour du lieutenant. Elle n'a que ça à faire. Quand il revient, il n'est pas seul, le sergent l'accompagne, venu noter la référence du laissez-passer. La chose faite, il tourne les talons, pour quitter la pièce, mais le lieutenant le retient.

— Puisque vous êtes là, sergent, je voudrais vous poser une question.

— Mon lieutenant !

— Que pensez-vous du sacrifice ?

Le sergent, malgré son épuisement, se raidit. Une question d'école. Il ne se dérobera pas.

— Le sacrifice… Un soldat doit avoir à l'esprit, commence-t-il lentement, presque pensivement, qu'il peut, un jour ou l'autre, s'y trouver confronté. Etre militaire, c'est engager sa vie. La risquer sur le champ de bataille. La mort nous est une sœur. Elle chemine à nos côtés. Dans ces conditions, le sacrifice est…

Le lieutenant l'interrompt.

— Non sergent, ce n'est pas de ce type de sacrifice dont je parlais.

Le sergent se tourne alors vers la jeune fille, il lui lance un regard noir. Porte instinctivement la main à son arme.

— L'autre ! Celui des autres. Ce qu'ils appellent sacrifice ! C'est un mensonge. Ce n'est pas un sacrifice, mon lieutenant ! C'est du meurtre pur et simple. Un assassinat ! Tuer des civils… Ils peuvent se faire exploser autant qu'ils veulent !

Ce disant, le sergent crache par terre avant de reprendre :

— Je n'appelle pas ça un sacrifice, mon lieutenant. Et je ne vous reconnais pas le droit de l'appeler ainsi, mon lieutenant ! Avec tout le respect que je vous dois, mon…

Le lieutenant frappe violemment la table avec le plat de la main.

— Sergent ! Calmez-vous. Vous pourriez proférer des paroles malheureuses.

Il attend quelques secondes, puis d'une voix plus douce :

— Ecoutez, sergent, vous êtes harassé de fatigue, je le vois bien. Mais tout est en règle, n'est-ce pas ? Vous avez là les éléments dont vous avez besoin.

Le sergent opine, mais son attention est toujours fixée sur la Palestinienne. Le ton du lieutenant se fait plus sévère.

— Comme je vous l'ai dit, tout va bien. J'ai encore quelques points à vérifier. Simple routine. Vous pouvez aller vous reposer.

Le sergent acquiesce. Il a les traits tirés, il n'a pas dormi. Il trouve curieux que l'interrogatoire se prolonge, s'il n'y a vraiment rien de spécial, on aurait déjà dû décider du sort de cette Palestinienne. Ça le titille un peu, mais pas suffisamment pour le retenir. Le sommeil l'appelle. Ses yeux se ferment. Il pense à la douche réparatrice qui l'attend.

Et aux quelques heures de repos bien gagnées. Il salue, tourne les talons et passe la porte.

Le lieutenant, gêné :

— Je m'excuse... il est épuisé. Il a assuré la garde toute la nuit. Il n'a pas compris ce que je lui demandais... D'un autre côté, c'est stupide.

A cet instant, la jeune femme repousse la table violement.

— Arrête ce jeu. Ton sergent a raison ! Il est plus lucide que toi. Regarde !

Elle écarte le pan de son vêtement et découvre une ceinture qui lui enserre la taille.

— Tu vois ce que c'est ?

Il plisse les yeux, incrédule.

— Touche.

Il avance la main. La ceinture est dure et molle. Elle l'ouvre d'un mouvement. Il peut voir, à l'intérieur, des fils, reliés à une patte blanche.

— Les garçons dont tu m'as parlé : Yossif ben Affet, Mohad Shikri, Aziz Daweri. Eh bien, je les connais. Pas intimement. Mais ils font partie de mon village, comme tu le sais. Quand ils ont su que je venais, ils me l'ont confiée... Et j'ai accepté. Parce que je ne voyais pas d'autre solution. Parce que je venais d'enterrer mon cousin, mort injustement. Parce que, avec vous, il n'y a pas d'autre voie.

Le lieutenant la considère, hébété. Son regard passe du visage de la jeune femme à l'engin mortel qu'elle porte à la ceinture. La situation lui semble irréelle.

Elle, sans esquisser le moindre geste, lui jette avec défi :

— Voilà, maintenant que tu sais, tu peux faire ton devoir et faire venir ton sergent !

Mais au lieu d'appeler son subalterne, le jeune lieutenant dégaine son arme et la pointe sur la Palestinienne. Il n'a pas prononcé un mot, mais son regard ne trompe pas. Puis il se déplace vers la porte, l'arme toujours braquée sur la jeune femme, l'ouvre et apostrophe le soldat Likitch.

— Likitch ! Tu peux rejoindre le casernement. J'en ai fini avec la Palestinienne.

Puis il referme la porte, la verrouille et glisse la clef dans sa poche.

— Personne ne viendra, fait-il lentement. Tu veux mourir ? Faire exploser ça ! Vas-y. Tu n'emporteras que moi. De toute façon, tu ne sortiras pas de cette pièce.

Il la fixe. Rien ne se passe.

La jeune femme demeure immobile, la tunique relevée, la ceinture en évidence.

— Active ton engin. Qui vas-tu tuer ? Toi... et moi.

Elle grimace.

— Ce sera au moins ça.

— Crois-tu ?

— Tu es un officier israélien.

— C'est tout ? Tu ne vois que cela ?

Elle le dévisage.

— Il n'y a rien de plus facile. Il me suffit de presser un bouton.

— Fais-le !

Quelques secondes s'écoulent. Les jeunes gens s'observent, immobiles de part et d'autre de la table. Que peuvent-ils redouter, à présent, au moment de perdre leur vie ? Ils ne pensent à rien. Toute l'absurdité de la situation est condensée dans ce face-à-face. Ils en sont là, selon un engrenage qu'ils ne maîtrisent pas, suivant lequel ils ne peuvent faire qu'une chose : se tuer l'un l'autre. Le lieutenant sent son arme peser au bout de son bras. Il lui suffirait d'appuyer sur la détente pour en finir. Il ne le fait pas. Comme s'il attendait que la jeune femme se décide.

Brusquement, il cligne des yeux.

Il hésite puis se lance.

— Tuer quelqu'un n'est pas si facile. Se faire exploser dans la rue, c'est autre chose encore. Il suffit de fermer les yeux. Mais une personne dont on a longuement croisé le regard… Avec laquelle on a parlé.

Sans prévenir, il tire une chaise, contemple son arme puis la pose devant lui comme une chose inutile.

— Assieds-toi s'il te plaît. Tout cela est insensé. Vas-y, déclenche ton engin si tu veux. Nous mourrons. Et après… Allez, assieds-toi.

Il se tait, accablé.

La jeune fille lentement a rabattu les pans de son vêtement. Elle ne s'est pas assise mais son regard est voilé.

Sans gestes brusques, il pose ses bras sur la table. Il attend, ne sachant pas quoi au juste. Finalement, il demande d'une voix blanche :

— Que faire, alors dis-moi ?

Le visage renfrogné, Annah lui répond.

— Arrête-moi ! Accomplis ton devoir.

Il secoue la tête en poussant une profonde expiration.

— Pourquoi… Pourquoi devrais-je m'en tenir à mon rôle ?

Un instant de silence. Il reprend.

— Tu n'as pas pu faire exploser ta bombe, malgré ta détermination. Parce que tu ne pouvais pas me tuer. Moi, Yaïr. Pas l'officier de Tsahal, mais l'homme qui te fait face… Et maintenant, tu me réduis à mon uniforme.

Il chasse une poussière invisible sur la table.

— Et si je décidais de ne pas t'arrêter… Malgré ta menace, je n'arrive pas à te haïr, à t'en vouloir… Je te regarde et je ne vois pas une terroriste palestinienne, mais toi, Annah. Et je ne me sens pas officier. Voilà, c'est tout ce que je peux te dire.

La jeune femme esquisse un mouvement puis se fige. La pièce poussiéreuse, la lumière pâle, tout paraît sans consistance. La perspective de la mort, stupide et définitive, a terni toutes les couleurs. Il ne demeure rien que deux êtres frêles et dépouillés, n'ayant plus qu'eux sur qui s'appuyer.

Après quelques secondes, elle touche son ventre.

Yaïr peine à murmurer.

— Il va falloir se débarrasser de ça…

Les épaules de la jeune femme s'affaissent. Sa voix n'a plus la fermeté du début. Presque celle d'une enfant prise en faute.

— Après ce poste…

Elle se racle la gorge.

— Après ce poste, sur la route, il y a un puits.

Elle attend une réaction du lieutenant qui ne vient pas. Alors, elle poursuit.

— Dans les ruines d'un petit bastion. On dit qu'il y a encore de l'eau en son fond. Mais personne n'y va voir.

— Jeter cela, oublier ensemble… c'est ce que tu veux dire ? Et ensuite ?

— A toi de me dire ce qui se passera alors…

Sans répondre, Yaïr se lève.

— Viens. Suis-moi et resserre ton étoffe autour de la taille.

Il sort de la salle d'interrogatoire. Elle le suit vers le parking, où se tient un soldat en faction.

— Repos, soldat.

Il désigne un véhicule.

— Est-ce que le plein de la Jeep a été fait ?

— Oui, mon lieutenant.

— Je vais la prendre.

Il tourne la tête en direction de la jeune fille.

— Je vais accompagner cette Palestinienne. Je voudrais vérifier certains points de sa déclaration.

ÉPILOGUE

Je croyais en savoir long sur les hommes, sur l'amour que Tu m'envoyais prêcher. L'amour, quelle grande affaire ! Qu'en reste-t-il ? Des lambeaux d'idées sans force. Des images ternies. Je les psalmodie en public, et personne n'y prête garde. De village en village, j'ai découvert de nouvelles formes à l'intransigeance des hommes, à leur entêtement ; dont Toi-même n'avait pas idée, ô Dieu. Je les ai vus, tous, brûlant de l'ardent désir d'arracher leur passion au temps.

Mais il y a ces deux ombres au milieu des ruines. On dirait le jeune lieutenant du poste, celui qui m'a éconduit. Et, à ses côtés, ne serait-ce pas la jeune fille qui allait ce matin sur la route ? Je ne distingue rien. Mes yeux sont fatigués. Je n'aperçois que deux points minuscules que l'infini oppresse. Ces deux-là, sont en train d'accomplir Tes prophéties. Regarde-les, Vieillard têtu. Le temps leur est compté. C'est pourquoi ils se poursuivent l'un l'autre. Ne va pas, cette fois, ébranler leur âme en leur montrant l'éternité. Vois comme ils courent et s'agitent. Ils vivent. Ils sont réunis, et cette fois, Tu ne T'en mêleras pas.

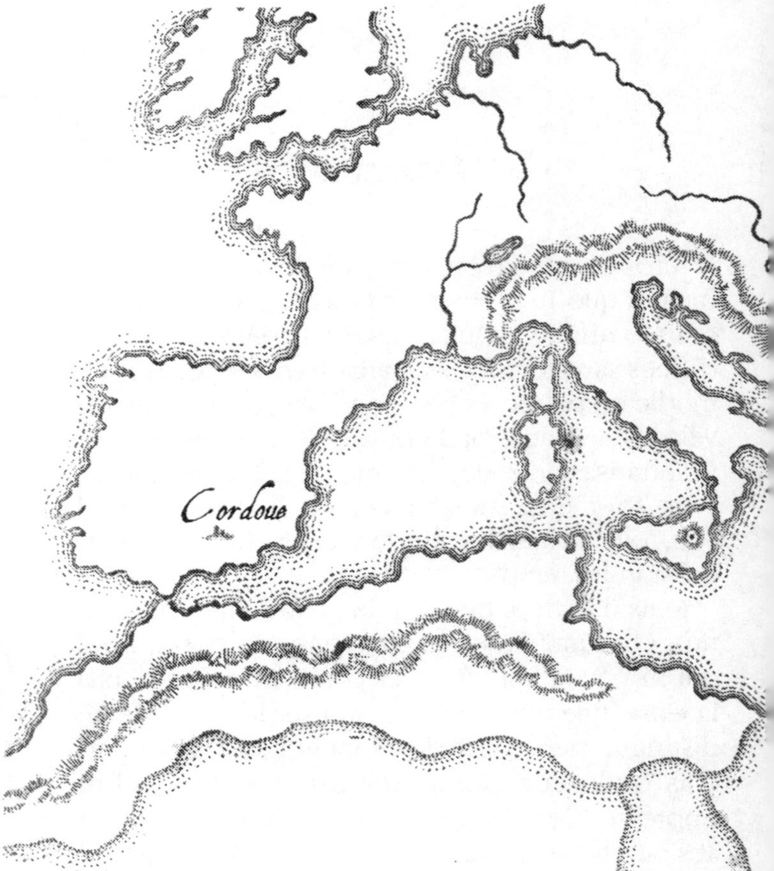

Topographie des amours d'Annah et Yaïr.

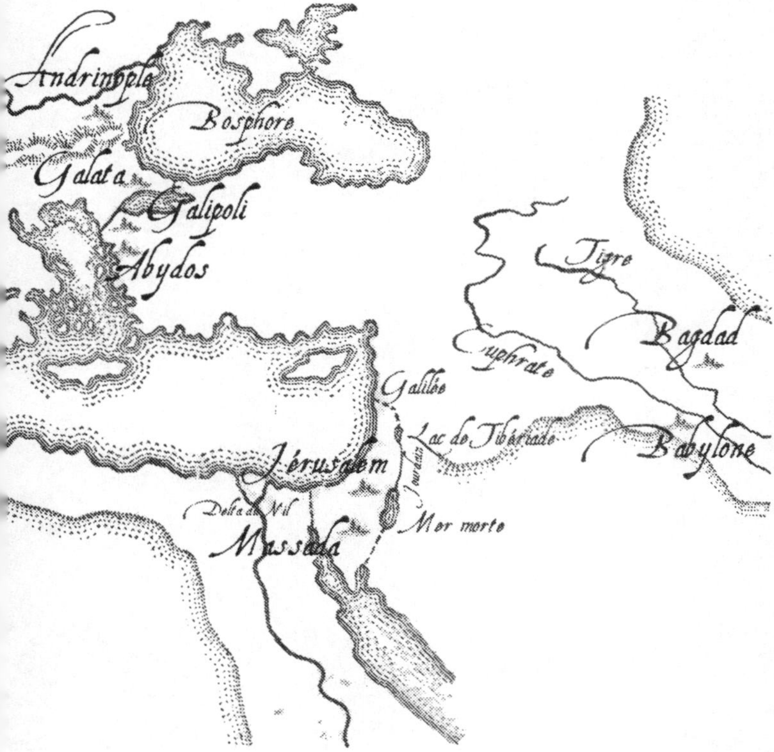
Andrinople
Bosphore
Galata
Galipoli
Abydos
Tigre
Bagdad
Euphrate
Galilée
Lac de Tibériade
Babylone
Jérusalem
Delta du Nil
Mer morte
Massada

TABLE

Ma gratitude va à Jean-Paul Capitani pour ses précieux encouragements, Aude Gros de Beler pour sa relecture attentive et Evelyne Wenzinger pour son soutien inestimable.

OUVRAGE RÉALISÉ
PAR L'ATELIER GRAPHIQUE ACTES SUD
ACHEVÉ D'IMPRIMER
SUR ROTO-PAGE
EN MAI 2012
PAR L'IMPRIMERIE FLOCH
À MAYENNE
POUR LE COMPTE DES ÉDITIONS
ACTES SUD
LE MÉJAN
PLACE NINA-BERBEROVA
13200 ARLES

DÉPÔT LÉGAL
1re ÉDITION : MARS 2012

N° impr. : 82444
(Imprimé en France)